LA VÉRITABLE HISTOIRE DE SASUKE

La véritable histoire de Sasuke

SHIN TOWADA

MASASHI KISHIMOTO

Sommaire

Présentation des personnages

Prologue

Nous étions des gamins esseulés et en manque d'amour. Nous avions accumulé beaucoup de haine en nous.

Mais j'ai choisi un autre chemin que celui emprunté par mon ami qui connaissait la même douleur que moi.

Mon chemin fut celui d'une solitude encore plus grande.

Les liens humains généraient une chaleur émotionnelle qui, par moments, brillait tel un éclair dévoilant mes faiblesses à la lumière.

Alors, j'ai plongé mon corps dans les ténèbres, détourné mon visage de la lumière et teinté entièrement mon cœur d'une haine obscure. Pour me venger de mon frère aîné, Itachi, qui avait assassiné mon clan, ma famille… Pour me venger de Konoha, qui avait utilisé Itachi et lui avait fait endosser toute la faute, j'ai voulu tout changer et bâtir un nouveau monde sans erreur en ne comptant que sur ma seule force.

« Comment pourrais-je te laisser faire ça ? »

Un seul ami s'est dressé contre moi pour m'en empêcher. C'était le *shinobi* qui connaissait la même douleur que moi. Il était resté toujours droit, fidèle à sa parole. Je l'ai rejeté à plusieurs reprises et j'ai même voulu lui ôter la vie.

Malgré cela, il n'a jamais renoncé et ne m'a jamais abandonné. Il a continué à me tendre la main comme s'il voulait absolument s'agripper à la mienne.

La seule personne avec qui j'avais voulu couper les liens me sortit de la solitude.

J'ai été vaincu.

Je me souviens encore de la clarté éblouissante des rayons matinaux de la Vallée de la Fin le jour où j'avais voulu en découdre pour la dernière fois, de la douleur que l'on avait partagée dans nos cœurs et des larmes chaudes sur mes joues.

Je n'oublierai jamais tout cela.

Naruto.

Tel était le nom de mon ami.

« Je vais avoir besoin de tout le monde pour mener à bien mes projets !! Toi y compris, évidemment !! » m'avait-il dit.

J'existais dans le monde de Naruto. Il voulait que j'en fasse partie. Avec lui, je sentais quelque chose qui était proche de la chaleur familiale que j'avais connue autrefois. Il m'a permis de réaliser que j'existais dans ce monde. Il m'a fait prendre conscience des liens familiaux et de l'amour.

La vengeance soutenait mon cœur. Mais, dans le même temps, elle le dévorait. La haine circulait dans mon corps, tel un poison, et tuait peu à peu mes sentiments.

Et lui, il réussit à rallumer une flamme chaleureuse dans mon cœur obscurci.

Ce fut alors que j'ai commencé à marcher sur un nouveau chemin. Un chemin qui reliait le passé au futur.

Il n'était pas tranquille ni facile. Car ce monde recelait encore de multiples douleurs.

Sharingan à l'œil droit, *rinnegan* à l'œil gauche.

Quel futur apparaîtra-t-il dans ces yeux qui autrefois fixaient les ténèbres ?

Chapitre 1

Les nuages noirs dans un monde en changement

1

— Salue bien le Raikage pour moi.

La vaste étendue de la mer était recouverte d'un voile blanc et brumeux. La visibilité était loin d'être bonne. Cependant, les femmes étaient habituées à ce brouillard et trouvaient que la vue était relativement bonne aujourd'hui.

Ce lieu entouré par la mer était le Pays de l'Eau, l'un des Cinq Grands Pays ninjas. C'était là que se situait le village du Brouillard. Il était désormais loin le temps où on le surnommait « village du Brouillard sanglant » et où on le considérait comme étant le berceau d'Akatsuki. En effet, le village avait été libéré des sorts de *genjutsu* de Yagura, le Quatrième Mizukage et auteur de nombreuses exactions, grâce à Ao le Byakugan, aujourd'hui disparu. De plus, depuis que Mei Terumî était devenue Cinquième Mizukage, la situation dans le village du Brouillard s'était améliorée petit à petit.

Puis, après la IVe Grande Guerre ninja, la situation du monde changea radicalement.

Les Cinq Grands Pays ninjas, qui étaient en conflit, s'allièrent et combattirent ensemble. Après la Grande Guerre, d'autres difficultés surgirent et ébranlèrent le monde. Toutefois, les pays collaborèrent et en sortirent victorieux.

Les victimes de la guerre furent nombreuses, et il y eut beaucoup de tristesse. Cependant, les pays avaient acquis de grandes choses.

— Lors de l'entraînement commun des villages du Brouillard et des Nuages…

— Lors de l'entraînement commun du village du Brouillard et du village caché des Nuages, vous avez intérêt à assurer, recommanda Chôjûrô aux shinobis qui se préparaient à partir.

Il portait dans son dos le grand sabre à deux mains, Hiramekarei, qui prouvait son appartenance aux Sept Ninjas Spadassins.

Ici, c'était un port où venaient s'échouer les vagues, un lieu important pour ce pays entouré par la mer. Un navire capable d'embarquer environ une centaine de passagers y était amarré.

L'expression « entraînement commun avec un autre village » pouvait paraître un peu inquiétante. En réalité, il s'agissait d'une action de rapprochement.

Si les échanges entre les villages avaient augmenté, l'influence du grand contributeur de la IVe Grande Guerre ninja, Naruto Uzumaki, y était pour beaucoup. En effet, il souhaitait une coopération entre *shinobis* pour bâtir un monde sans guerre.

— C'est en multipliant ce genre d'action que l'on bâtit le futur du village du Brouillard, précisa la Mizukage au capitaine qui dirigeait la troupe en partance pour suivre l'entraînement commun.

— Bien évidemment ! Il n'est jamais trop tard pour préparer les bases de relations solides et durables avec les autres villages ! assura le capitaine qui voulut certainement faire preuve de sa motivation devant la Mizukage.

Cependant, elle sembla tressaillir en entendant ces paroles.

« Il n'est jamais trop tard… Les bases de relations solides et durables… Un mariage tardif ?! » songea la Mizukage.

Loin d'imaginer les pensées de la Mizukage, cette fois, ce fut Chôjûrô qui s'adressa au capitaine.

— Le Raikage est connu pour être sévère avec lui-même et avec les autres… Mais c'est une personne inflexible et courageuse, qui entreprend toujours les choses avec énergie… Par ailleurs, à cette période, de violents typhons sont susceptibles d'apparaître dans les îles proches du Pays de l'Eau. Soyez prudents de manière à ne pas vous retrouver dans une situation catastrophique…

— Je vous remercie. Je constate que vous êtes maintenant capable de beaucoup d'attention envers les autres, Chôjûrô, fit remarquer le capitaine.

« Mariage tardif… sévère… susceptible… situation catastrophique… » Tels étaient les mots qu'avait retenus la Mizukage.

À la différence de Chôjûrô et du capitaine, qui discutaient joyeusement, la Mizukage afficha brusquement une expression sombre, et une aura terrifiante s'éleva dans son dos.

— Quelque chose ne va pas, Maître Mizukage ? demanda Chôjûrô d'un air interrogateur en constatant qu'elle était devenue soudain silencieuse.

La Mizukage expira lentement et harmonisa son esprit qui commençait à s'échauffer.

— Je pensais à Ao… Si seulement il était encore parmi nous…

— Oh ! Vous pensiez à lui ! Moi aussi, j'aurais aimé qu'il voie celui que je suis devenu aujourd'hui…

Chôjûrô avait mal compris. Il crut que la Mizukage aurait voulu qu'Ao puisse voir à quel point il avait évolué.

— Oui, vraiment… ajouta la Mizukage sans réfuter les propos de Chôjûrô.

— Bon ! Il est temps de partir !

Une fois la troupe embarquée à bord, le navire quitta lentement le port. En regardant le bateau, qui avançait à travers les embruns, Chôjûrô murmura plein d'émotion :

— Dire que les Cinq Grands Pays, qui se haïssaient tant, parviennent aujourd'hui à s'entraider… C'est incroyable !

— Oui, c'est vrai, admit la Mizukage.

Chôjûrô devait ressentir à sa façon les transformations de ce monde. Toutefois, la Mizukage était bien plus émue que lui. En effet, elle faisait partie des *shinobis* qui avaient survécu à la période sombre du village du Brouillard. Elle avait dû se battre pour le village, éclaboussée par son sang et celui des autres, en ayant conscience qu'elle serait abandonnée dès qu'elle représenterait une charge. Alors, pendant un temps, elle avait été en proie au doute, ne sachant plus qui protéger ou quoi croire. C'était comme si elle était au milieu d'un épais brouillard.

C'était peut-être ce contexte qui avait engendré ceux qui étaient appelés « les *shinobis* du mal », tels que Zabuza Momochi redouté comme un démon, Haku du clan Yuki tristement ballotté par le destin à cause de son pouvoir héréditaire, ou encore Kisame Hoshigaki qui portait en lui la part sombre du village du Brouillard.

La Mizukage, qui avait vécu en tant que *shinobi* à cette époque dans le même village, éprouvait un sentiment complexe à l'idée de qualifier ces hommes d'incarnation du mal.

Le climat de détente entre les Cinq Grands Pays et la diminution des conflits changèrent fondamentalement le courant du monde jusque-là basé sur la guerre. Dans le même temps, on demanda aux hommes et aux *shinobis* d'évoluer pour s'adapter à cette nouvelle ère. Cependant, tous n'étaient pas capables d'accueillir ce changement.

Il était possible que certains le refusent, le haïssent, et veuillent l'anéantir.

Mei, l'actuelle Mizukage, qui avait été confrontée à de nombreuses difficultés en voulant améliorer l'héritage négatif provenant de l'histoire du village du Brouillard et du précédent Mizukage, en savait quelque chose.

Changer était loin d'être facile.

Le navire qui se dirigeait vers le Pays de la Foudre était désormais bien loin.

La Mizukage le fixait en plissant les yeux. Maintenant, le navire était difficile à distinguer dans la brume blanche.

— Ça se couvre brusquement… constata le *shinobi* chargé du guet sur le pont en levant les yeux au ciel.

Un jour s'était écoulé depuis que le navire avait quitté le port du Pays de l'Eau en direction du Pays de la Foudre. Après avoir dépassé la nappe de brouillard blanc, comme il avait bénéficié d'une météo clémente, le navire avait bien avancé. Cependant, des nuages noirs s'étaient soudain amassés au-dessus de lui.

Le vent souffla, et la mer, qui était calme jusque-là, commença à changer d'aspect.

— Une tempête va peut-être se lever.

L'homme, qui était de surveillance, voulut prévenir les autres qui étaient à l'intérieur.

— Hm ?

À cet instant, il se sentit observé. Par réflexe, il se retourna. Au large, il aperçut entre les vagues un petit bateau.

— Tiens ! Un bateau de pêche ?

À bord de l'embarcation se trouvaient plusieurs personnes qui avaient l'air d'être des pêcheurs. Ils portaient une pèlerine pour se protéger de la pluie et un chapeau de paille tissée. Cette mer territoriale comptait de multiples îles de tailles diverses. Nombreux de leurs habitants vivaient de la pêche. Le *shinobi* songea donc qu'il n'était pas nécessaire de s'inquiéter spécialement de leur présence. Cependant, le bateau avançait rapidement dans sa direction.

— Ohé ! Vous allez nous percuter ! cria-t-il du pont pour les avertir.

Mais le bateau ne semblait pas vouloir s'arrêter.

— Ohé !

Le *shinobi* pencha son corps hors du bateau et brandit son bandeau frontal sur lequel était gravé le symbole du village du Brouillard.

Son geste traduisait peut-être sa fierté d'être un *shinobi* de Kiri de même qu'une certaine arrogance inconsciente qui le poussait à croire que sa force était supérieure à celle de ces simples pêcheurs.

Ce fut là qu'un des pêcheurs sur le bateau se leva. Il portait un chapeau profondément vissé sur la tête. Il en pinça le bord et le souleva lentement.

Son menton, sa bouche et son nez cachés jusqu'à présent apparurent. Et, au moment où le *shinobi* vit son visage, il s'écroula instantanément.

— Hé ! Qu'est-ce qui se passe ?

Des *shinobis* qui se trouvaient non loin de lui écarquillèrent les yeux, surpris de voir leur coéquipier, qui venait de les héler, s'effondrer devant eux. Cependant, avant qu'ils aient le temps d'accourir vers lui, ils sentirent une étrange présence.

— Qui… Qui est là ?

Un inconnu avec un chapeau profondément ancré sur la tête avait atterri sur le ponton sans faire de bruit. Cela ne faisait aucun doute : ses mouvements étaient ceux d'un ninja.

Le capitaine, qui s'était aperçu que quelque chose n'allait pas, ordonna :

— Capturez-le !

Les *shinobis* de Kiri s'apprêtèrent à former un sceau afin de maîtriser et d'éliminer cet individu suspect. Ils se trouvaient en mer. Pour les habitants du village du Brouillard, qui utilisaient beaucoup les techniques Suiton, la situation était plutôt avantageuse.

Toutefois, l'intrus souleva tranquillement son chapeau en paille.

— Quoi…?

Jeunes *shinobis* à l'avenir prometteur ou ninjas expérimentés, qui avaient connu la période du « village du Brouillard sanglant » et survécu à la IVe Grande Guerre ninja, personne ne put faire quoi que ce soit face à ce seul homme. Tous s'effondrèrent littéralement sur place.

— Ils sont en retard, murmuraient les *shinobis* de Kumo, qui se trouvaient au port du Pays de la Foudre pour accueillir les *shinobis* de Kiri.

L'heure d'arrivée initiale était dépassée depuis longtemps, et ils n'avaient reçu aucun message les prévenant du retard.

— S'ils tardent trop, Maître Raikage sera terrible…

Le Raikage était plutôt impulsif et manquait de patience. Si on le faisait trop attendre, il se fâchait et il était vraiment capable de faire jaillir des éclairs.

— Peut-être que la météo n'est pas favorable. En mer, il n'y a aucun endroit où s'abriter.

— Ils auraient quand même pu nous envoyer un faucon messager pour nous prévenir, non ? Un simple mot nous annonçant leur retard nous aurait permis de remonter facilement l'information.

— C'est vrai…

Le vent soufflait comme s'il frottait les joues des *shinobis* du village caché des Nuages trempés par la pluie.

Comme ces *shinobis* supposèrent que le retard pouvait être encore plus important, ils décidèrent d'envoyer un message à leur village.

— Hé ! Attendez. Ce n'est pas eux, là ?

À cet instant, un navire apparut au large.

— Ils arrivent enfin !

Le symbole de Kiri était visible sur le bateau. A priori, c'était bien le navire qu'ils attendaient.

— Ça paraît étrangement calme à bord.

Sur le ponton, on ne voyait aucune silhouette. Peut-être étaient-ils tous à l'intérieur pour se protéger de la pluie ?

À mesure que le bateau s'approchait du port, la pluie et le vent s'intensifiaient, comme si le navire transportait une chose de mauvais augure.

— Bienvenue au Pays de la Foudre ! s'écria le représentant du village caché des Nuages quand le navire arriva au port.

Aucune réponse ne lui revint. Les *shinobis* de Kumo trouvèrent cela étrange et se regardèrent.

— Bienvenue ! lança de nouveau à haute voix le représentant.

Une silhouette d'une personne se dessina enfin sur le bateau. C'était un *shinobi* avec un chapeau profondément enfoncé sur la tête. Du bateau, il jeta un coup d'œil vers le représentant qui lui avait souhaité la bienvenue.

— Ah…

Le représentant vacilla et s'effondra sur le sol du port mouillé par la pluie.

— Qu'est-ce qui se passe ?!

Les *shinobis* du village caché des Nuages furent surpris et déstabilisés par ce brusque incident.

L'homme sur le bateau bondit à terre et jeta son couvre-chef. Ce qu'il cachait jusque-là fut dévoilé.

— Ces... ces yeux...

Sous la pluie battante, des yeux rouges abritant une étrange lueur étaient apparus. Ils captaient le regard de tous les *shinobis* de Kumo présents.

— Oh non ! C'est un *dôjutsu*...

À la vue de ce regard écarlate, les *shinobis* du village caché des Nuages perdirent toutes leurs forces et s'effondrèrent l'un après l'autre.

— C'est remarquable...

Les alliés de l'homme aux yeux rouges, qui avaient observé la scène depuis le début, bondirent à leur tour hors du bateau.

— Transportez également ceux-là à bord, ordonna l'homme.

Les autres acquiescèrent. Dans leur bateau, des *shinobis* du village du Brouillard étaient allongés, immobiles.

Pendant que les *shinobis* du village caché des Nuages étaient transportés, l'homme aux yeux rouges ramassa son chapeau et l'enfonça de nouveau sur sa tête.

Le temps se gâta davantage, et les nuages noirs semblèrent se tordre tel un dragon avec le vent.

— Ils ont tous été transportés à bord.

À la voix d'un des siens, l'homme aux yeux rouges rejoignit le bateau d'un bond.

Un éclair parcourut le ciel, et un coup de tonnerre retentit.

— Je vais tout teinter en rouge.

« La paix est intolérable. »

2

Un lieu en pleine nature.

Les lianes se mêlaient aux racines recouvertes de mousse d'un large tronc d'arbre. Elles semblaient vouloir faire disparaître la démarcation entre le sol et le vieil arbre, qui continuait de pousser vers le ciel en quête de rayons du soleil. L'arbre devait avoir plusieurs centaines d'années. Mais des bourgeons continuaient de pousser au bout de ses branches.

Un homme regardait cela d'en haut.

Sous sa mèche qui recouvrait son visage, on devinait son œil gauche : l'excellent *rinnegan*. À première vue, son œil droit semblait ordinaire, mais il abritait un pouvoir héréditaire du clan Uchiwa : le *sharingan*.

Cet homme s'appelait Sasuke Uchiwa.

Du haut de ce grand arbre, en silence, Sasuke regardait le paysage qui se déployait sous lui.

Après la IVe Grande Guerre ninja, Sasuke était redevenu un *shinobi* de Konoha.

Cependant, il ne demeurait pas au village et voyageait à travers le monde.

« Celui que je suis devenu aujourd'hui veut porter un regard neuf sur l'univers *shinobi* et le reste du monde. »

Durant ces années de voyage, Sasuke vit des choses qu'il n'aurait sans doute jamais perçues pendant la période où il était plongé dans les ténèbres. Il eut l'occasion de se retourner de façon apaisée sur son passé dont il avait voulu se couper. À certains instants, il s'était souvenu de ses amis.

En voyant de ses propres yeux les stigmates de la guerre et la tristesse des gens, il réalisait que la vengeance était vaine.

Par le passé, Sasuke avait tenté de surmonter la douleur de s'être vu déposséder de sa famille à travers un remède violent : la vengeance. Mais sa profonde noirceur avait égaré ceux qui s'étaient avancés sur son chemin. Elle avait fait perdre de vue même les choses essentielles.

Pour comprendre et accepter cela, beaucoup de temps avait été nécessaire. Mais maintenant, Sasuke l'avait vraiment réalisé.

Il sentait également les changements qui s'opéraient doucement dans le monde.

Grâce au travail des Cinq Kage, les grands conflits avaient disparu. La paix et la sécurité étaient préservées.

La force des *shinobis*, utilisée autrefois pour défendre son pays et pour attaquer ceux des autres, servait désormais dans divers domaines : le développement de machines capables de transmettre instantanément une information sans l'aide de chakra, l'aménagement de structures de santé, les échanges entre les pays ou encore le renforcement de la distribution. Le monde était en train de connaître une nouvelle période de croissance.

C'était une raison supplémentaire pour ne pas laisser un problème de côté.

Kaguya Ôtsutsuki.

La femme qui mangea le fruit interdit de l'Arbre Divin, qui obtint le chakra et qui régna sur un monde de chaos. Cependant, après avoir été possédée par une puissance inouïe et s'être déchaînée, elle fut scellée par ses propres enfants, Hamura et Hagoromo.

Cette Kaguya ressuscita dans le monde actuel. Sasuke et les membres de l'Équipe 7, de même qu'Obito Uchiwa, parvinrent à la sceller de nouveau.

Les gens se réjouirent de la disparition de la menace qui avait fait trembler le monde. Cependant, une chose inquiétait Sasuke.

Selon Zetsu Noir, qui manœuvrait en secret depuis longtemps pour la résurrection de Kaguya, cette dernière aurait conservé des personnes pendant longtemps grâce à la technique des Arcanes Lunaires Infinis en les attachant aux racines de l'Arbre Divin pour les transformer en soldats.

Le Zetsu Blanc était la forme ultime de ces personnes transformées.

Kaguya était surnommée « déesse lapin ». Elle avait, semblait-il, radicalement changé après avoir régné sur le monde agité. Cela signifiait qu'elle avait attaché des personnes à l'Arbre Divin après avoir dominé le monde du chaos.

Pour quelle raison était-il nécessaire d'utiliser la technique des Arcanes Lunaires Infinis sur des personnes, de les attacher à l'Arbre Divin et de les conserver pour en faire des soldats alors que la guerre était censée être terminée dans le monde ?

Était-ce simplement un jeu cruel d'une personne de pouvoir ? La volonté de dominer les humains par la terreur ? Plusieurs raisons avaient été évoquées, mais aucune réponse précise n'avait été retenue.

C'était pour éclaircir cette question que Sasuke s'était lancé à la poursuite de Kaguya. Mais celle-ci était à l'origine du chakra. Même si Sasuke possédait le *rinnegan*, il n'était pas aisé pour lui de retrouver la trace de Kaguya.

— Hm ?

Un instant, Sasuke ressentit une présence et regarda en direction du sud-ouest.

En plissant les yeux, il distingua quelque chose qui volait dans sa direction. Cela avait l'apparence d'un petit oiseau. Mais, dans le corps de ce petit volatile, ce n'était pas du sang qui circulait, mais de l'encre et des lettres pétries de chakra.

Sasuke sortit un parchemin et le déroula rapidement. L'oiseau sauta dedans comme s'il venait d'être appelé.

C'était la technique de la Toile aux Monstres Fantomatiques de Saï, un *shinobi* de Konoha. L'oiseau avait disparu et avait laissé place à des lettres qui remplissaient désormais le rouleau.

Pour mieux connaître Kaguya, Sasuke pensa qu'il devait peut-être voir le monde sous différents points de vue. Par conséquent, il avait volontairement augmenté les échanges avec Konoha pour se faire envoyer des informations sur la situation du village et du monde.

Sasuke crut que ce message s'inscrivait dans le cadre de ces échanges. Il parcourut la lettre, mais son contenu lui fit froncer les sourcils.

— Mais c'est…

Il s'agissait bien d'un commissionnaire de Kakashi Hatake, l'actuel Hokage.

D'après ce que Sasuke comprenait, de nombreux *shinobis* du village du Brouillard et du village caché des Nuages avaient disparu. Aucune trace de combat n'avait été retrouvée. Il semblait que ces deux villages n'aient pas plus d'informations. Kakashi demandait à Sasuke de le contacter s'il trouvait un point suspect qui pouvait être en lien avec cette affaire.

— Plus de cent *shinobis* avaient subitement disparu…

Si une personne était derrière cela, il était fort probable qu'elle avait fait usage d'une technique de *genjutsu*. Dans ce cas, il était préférable que ce soit Sasuke, qui possédait un excellent *dôjutsu*, qui se charge de l'affaire. Grâce à son *sharingan*, il remarquerait peut-être des éléments que d'autres *shinobis* n'avaient pas vus. À l'origine, il était monté en haut de l'arbre gigantesque pour s'orienter. Sasuke regarda de nouveau les environs de son œil particulier.

Au-delà de la forêt où se trouvait Sasuke, d'épaisses fumées blanches s'élevaient à plusieurs endroits. Il ne s'agissait pas d'une fumée de feu de bois, mais plus précisément de vapeur.

Ce lieu n'était pas éloigné du village des Sources Chaudes, réputé pour ses cures thermales et ses nombreuses sources naturelles d'eau chaude.

Le village des Sources Chaudes se trouvait au pays du même nom et se situait non loin du Pays de la Foudre. Il y avait même des bateaux qui partaient pour le Pays de l'Eau.

— Je vais d'abord aller en direction du Pays de la Foudre.

Sasuke choisit ce lieu où il pouvait se rendre par la voie terrestre et retourna de nouveau dans la forêt.

Sasuke avait avancé en silence et sans se reposer. La nuit venait de tomber. Il était en train de courir dans un bois de bambous.

Les bambous étaient souples et flexibles. Se déplacer en sautant de branche en branche comme il le faisait avec les autres arbres était difficile ici. Tout en foulant de ses pieds le sol recouvert de feuilles, Sasuke songeait qu'il devait rapidement sortir de ce bois de bambous.

Il était désormais arrivé sur le territoire du Pays des Sources Chaudes. À minuit, il serait entré dans le pays voisin, le Pays du Gel, et, dès le lendemain, il espérait atteindre le Pays de la Foudre où se trouvait le village caché des Nuages.

Il réfléchissait à cela quand un petit hameau apparut dans son champ de vision. C'était un village de campagne ordinaire, mais Sasuke s'arrêta.

Il n'y avait pas une seule lumière dans le village.

Même si la nuit était tombée, il était bien trop tôt pour que tous les villageois soient endormis. Cela alerta Sasuke qui venait juste d'apprendre la disparition massive des *shinobis*. Il ferma un instant les yeux, puis concentra toutes ses forces dans son œil droit. En se soulevant, sa paupière dévoila une pupille teintée de rouge avec trois points *tomœ* à l'intérieur. Sasuke observa le village avec cet œil.

À l'intérieur des maisons, fabriquées grâce à des bambous provenant des alentours, il distinguait des silhouettes. Cependant, toutes restaient immobiles comme si elles retenaient leur souffle. Les personnes semblaient craindre quelque chose.

Intrigué, Sasuke fit un pas en direction du village.

— Vous voilà ! La bande déchue des Anrai !

Une personne surgit vigoureusement de sous les feuilles des bambous. Un vieil homme chauve et maigre fonça à vive allure en direction de Sasuke en pointant sur lui le bout de sa lance. Son geste était sans force, sans vivacité. Vraisemblablement, il s'agissait d'un homme ordinaire qui ne maîtrisait manifestement pas le *ninjutsu*.

Sasuke fit un léger bond en arrière pour l'éviter.

Et il ressentit du chakra à l'endroit où il atterrit.

— *Suiton* ! Pluie de grêle !!

Une voix aiguë de fillette résonna, et une multitude de balles en forme de goutte d'eau, qui rappelaient de petits bonbons en sucre, volèrent en direction de Sasuke. Ce dernier forma un sceau, prit une inspiration et posa ses doigts sur ses lèvres.

— Katon ! Technique Suprême de la Boule de Feu !

Le Katon était la technique favorite du clan Uchiwa. La flamme projetée par Sasuke enveloppa les balles d'eau et les fit s'évaporer instantanément.

— Quoiii ?! Un Katon peut prendre le dessus sur un Suiton ?! s'écria l'adversaire en voyant sa technique disparaître sans avoir touché Sasuke.

Une femme de petite taille et au visage enfantin se tenait debout.

— Chino ! Reste en retrait !

Cette fois, un homme de grande stature apparut en poussant la femme appelée « Chino » derrière lui. Il lança en direction de Sasuke un *kunaï* qu'il avait préalablement préparé. La pointe de l'arme visa le cœur de Sasuke.

Sasuke avait senti la subtile aura qui recouvrait la lame du *kunaï*. Il foula le sol recouvert de feuilles de bambou et fit un bond pour esquiver l'arme. Le *kunaï* se planta sur un bambou qui se trouvait derrière lui. La plante explosa dans un grand fracas.

— C'est une transformation de nature de chakra... Le vent...

Le *kunaï* enveloppé du chakra du vent avait rempli d'air les entrenœuds du bambou, qui avait gonflé et avait fini par exploser.

— Hé ! Les jeunes ! Vous fabriquez quoi ? Dépêchez-vous de le vaincre ! lança le vieil homme.

— Quoi ?! Mais, tu ne nous as pas dit qu'il était si fort ! répondit Chino en fronçant les sourcils et en regardant Sasuke.

Puis elle remarqua une chose.

— Non… Ce n'est pas possible ! Regarde, Nowaki ! Son œil ! C'est un *sharingan* ! annonça-t-elle en pointant Sasuke du doigt.

Le colosse du nom de Nowaki eut l'air surpris et demanda :

— C'est un vrai ?

— Rah ! Vous êtes des incapables ! Si c'est ça, je m'occupe moi-même de la bande Anrai ! Vous allez payer pour ce que vous avez fait à ma fille !

Le vieil homme serra la lance de bambou dans ses mains et fonça droit sur Sasuke. Il n'était pas en état d'écouter ce que ce dernier voulait lui dire. Sasuke n'avait donc pas le choix. Il expira et saisit son sabre.

— Meuuuuuurs ! hurla le vieillard en pointant sa lance en bambou sur son adversaire.

Sasuke trancha avec une facilité déconcertante le bout de la lance. Puis il coupa l'arme en rondelles en remontant tout près des mains du vieil homme à une vitesse fulgurante. Ensuite, il lui colla le bout de sa lame sur le gosier. Il fit en sorte qu'il ressente le contact froid de la lame sur son cou.

— Hiiiii…

La lance de bambou que Sasuke avait vraiment raccourcie lui tomba des mains. Sur la peau sèche du vieil homme apparurent soudain des gouttes de sueur.

— A… A… Attends, le grand ! Hé ! Chef ! Beau gosse ! Ne tue pas ce papi, s'il te plaît ! s'empressa de supplier Chino qui paniquait.

Sans lui répondre, Sasuke s'adressa au vieillard.

— Vous faites erreur.

— Hein ?

— J'ignore qui est la bande Anrai, poursuivit-il.

— Hiii… Hiii…

Cependant, ses paroles ne semblèrent pas parvenir jusqu'aux oreilles du vieil homme qui tremblait de peur en haletant. Sasuke éloigna un peu la lame de son sabre de la gorge de l'homme.

— Je ne fais pas partie de la bande Anrai, précisa Sasuke.

— Vraiment ?

— Oui, c'est la première fois que j'entends ce nom.

Sasuke baissa son sabre. Le vieil homme tomba à genoux sur place.

De leur côté, Chino et Nowaki, qui avaient entendu les paroles de Sasuke, se regardèrent.

— Papi Iô ! Tu t'es trompé de personne ! s'égosilla Chino.

Cependant, le dénommé Iô lui rétorqua en hurlant :

— La ferme ! Ce n'est pas la priorité ! Mon cœur… Mon cœur me fait si mal !

Libéré de la crainte de mourir, il ressentait maintenant les folles palpitations de son cœur. Iô tenait sa poitrine et inspirait désespérément de l'air.

— Désolé… C'est une erreur. On a vraiment été horrible avec toi, s'excusa Nowaki.

— Je pense que si on avait continué à t'affronter, c'est nous qui serions morts. On est désolés, dit Chino à son tour en joignant ses deux mains devant elle comme pour le supplier de lui pardonner.

Puis elle se tourna ensuite vers Iô :

— Hé ! Papi Iô ! Toi aussi, présente-lui tes excuses !

Iô s'était assis. Il tourna la tête d'un air boudeur et clama :

— C'est de sa faute ! Il n'avait pas à passer au village des bambous à une heure pareille !

— Argh ! T'es vraiment un vieil entêté ! se lamenta Chino.

— Qu'est-ce que t'as dit ?! rétorqua Iô.

Énervé par les paroles de Chino, il voulut se relever, mais retomba aussitôt par terre. Il semblait que les émotions aient été trop fortes.

— Grr ! Dire qu'aujourd'hui je croyais vraiment pouvoir me débarrasser de cette bande Anrai ! s'écria Iô en frappant le sol de son poing.

— Qui est cette bande Anrai ? interrogea Sasuke.

Iô avait déclaré qu'il voulait venger sa fille. Cela ne faisait aucun doute. Il se passait bien quelque chose dans ce village.

— Euh… Si on commence à tout lui raconter, ça va être long… Papi, rentrons d'abord à la maison. On doit quelques explications au jeune homme.

Iô tourna la tête d'un air boudeur, tel un enfant capricieux. Chino murmura qu'il était vraiment impossible. Elle fit un clin d'œil à Nowaki.

— Monsieur Iô… On va rentrer… suggéra Nowaki en portant Iô de force sur son dos.

— Grrr… grogna le vieil homme.

Nowaki prit la direction du village. Chino les suivit, les bras croisés derrière la tête. Sasuke les regardait partir quand Chino se retourna et lui lança :

— Dépêche-toi !

— Je sens que ça va être compliqué, marmonna Sasuke en suivant le trio.

— Hm ?!

Sasuke se retourna en sentant un regard perçant.

Il observa ce qui se passait autour de lui. Il n'y avait que des bambous à perte de vue.

Tout était calme. Aucune présence de bête féroce.

— Qu'est-ce qu'il y a, le grand ? demanda Chino qui se rendit compte que Sasuke s'était arrêté.

Sasuke jeta de nouveau un regard vers le bois de bambous et finit par suivre la troupe.

Ils étaient tous arrivés à la maison d'Iô. Celui-ci semblait être le chef du village des Bambous. Sa demeure était plus grande que celle des autres. À l'intérieur étaient entreposés de nombreux objets et jouets fabriqués en bambou.

— Les habitants du village des Bambous vivent en fabriquant et en vendant des objets en bambou, expliqua Chino en montrant à Sasuke un panier tissé, des piques pour brochettes et une canne à pêche.

— Ne touche pas à ça !

Visiblement de mauvaise humeur, Iô prit les objets des mains de Chino.

Nullement déconcertée, Chino s'empara ensuite d'un jouet volant en bambou et le lança à travers la pièce. Par malchance, il faillit heurter la tête de Sasuke. Au dernier moment, Sasuke le réceptionna. Il fixa l'objet.

— Il veut vendre ces objets au village des Sources Chaudes. Là-bas, il y a de nombreux touristes. Mais les objets ne sont pas vendus cher. Alors, il paraît que ça ne rapporte pas grand-chose, commenta Chino.

— Tais-toi ! grommela Iô.

Le village des Sources Chaudes était un lieu étonnant. En effet, c'était un village de *shinobis* qui était devenu un véritable lieu touristique. Cependant, d'après la quantité de piques de bambou et de paniers stockés dans l'atelier, il y avait sûrement une demande en cours, mais vivre de cette activité semblait compliqué.

— En fait, il n'y a pas longtemps, Nowaki et moi avons donné des représentations au village des Sources Chaudes, affirma Chino.

— Des représentations ? interrogea Sasuke.

— Oui, nous sommes des saltimbanques qui avons quelques connaissances en *ninjutsu*. On a bien gagné dans le quartier des sources thermales. Là-bas, le divertissement se transforme en argent.

Chino expira en gonflant les joues. De nombreuses bulles de savon sortirent de sa bouche. Pour un *shinobi,* ce n'était pas une technique impressionnante, mais pour des spectateurs qui n'étaient pas des ninjas, cela pouvait faire son effet.

— On allait se rendre dans un autre lieu quand on est passés par ce village des Bambous. On s'est arrêtés pour manger, et papi nous est tombé dessus. Il nous a suppliés en pleurant de l'aider à venger sa fille, expliqua Chino.

Elle entrait enfin dans le cœur du sujet. Comme pour continuer la phrase de Chino, Iô s'écria :

— Tout est de la faute de la bande Anrai ! Ce sont des malfrats cruels et sans pitié ! Pour se distraire, ils prennent pour cible de petits villages, puis volent et tuent leurs habitants. Il y a quelques mois, le village où ma fille est partie se marier s'est fait attaquer... Tous les villageois ont été tués !

C'était donc pour cela qu'Iô parlait de vengeance. Tout en expliquant la situation, Iô avait dû se souvenir de sa fille. Il poursuivit les larmes aux yeux :

— Nous n'avions pas réussi à avoir d'enfant pendant longtemps, ma femme et moi. Ma fille est arrivée sur le tard ! Je l'adorais ! Elle s'est mariée au printemps dernier et elle attendait un bébé...

Iô ne parvenait plus à continuer son récit. Il serrait les dents pour ne pas se mettre à pleurer.

— Quand ma fille a été tuée, mon épouse a été tellement choquée et triste qu'elle en est tombée malade. Puis elle est décédée à son tour, balbutia Iô.

Dans cette famille, la tragédie avait engendré la tragédie. Iô se retrouvait seul. Pas étonnant qu'il veuille se venger. Nowaki, qui écoutait jusque-là en silence, regarda Iô d'un air compatissant et déclara :

— Il paraît que les habitants des environs vivent en se cachant. Tout le monde redoute la bande Anrai. Regardez ces fenêtres !

En effet, un rideau noir obscurcissant était fixé sur chaque fenêtre pour éviter que la lumière ne passe. Cela devait sûrement être le cas dans toutes les maisons du village.

Voilà pourquoi ils attendaient la bande Anrai pour les vaincre.

— Dis-moi ! Tu es très fort, pas vrai ? Aide-moi, s'il te plaît !!

Iô avait essuyé vigoureusement ses larmes avec le dos de sa main et s'était penché vers Sasuke pour le supplier.

— Oh ! Tu es gonflé de lui demander ça ! s'exclama Chino, stupéfaite.

— La ferme ! rétorqua Iô à la jeune femme.

Puis il se jeta à genoux devant Sasuke.

— Excuse-moi pour tout à l'heure ! se hâta d'ajouter le vieil homme.

Il garda sa position face contre terre. Il n'avait pas l'air de vouloir se relever. Comptait-il rester ainsi jusqu'à ce que Sasuke accepte de l'aider ?

Nowaki, qui ne pouvait rester sans rien faire, intervint à voix basse :

— Ce n'est pas pour défendre la cause d'Iô… Mais il paraît que le chef de la bande Anrai considère un certain Sasuke Uchiwa comme son maître. Et il le clamerait haut et fort.

— Comment ?!

Sasuke fronça les sourcils en entendant soudain prononcer son nom.

— Tu es bien « Sasuke Uchiwa », n'est-ce pas ? A priori, tu es un modèle pour le chef de la bande Anrai.

À la différence d'Iô, Chino et Nowaki avaient quelques connaissances sur les *shinobis*. De plus, en tant que saltimbanques, ils voyageaient à travers le monde et devaient sûrement être au courant de beaucoup de choses. Voilà pourquoi ils avaient réalisé immédiatement à qui ils avaient affaire en voyant le *sharingan* de Sasuke.

Sasuke ne voyait pas qui pouvait se faire appeler « Anrai ». Cela lui était évidemment désagréable qu'un individu cite son nom sans son autorisation. Et le fait qu'il soit pris pour modèle par des criminels jeta une ombre sur son cœur. Une ombre sombre et pesante.

— Je n'ai pas le choix… murmura Sasuke d'un air las.

Comme son nom était cité dans cette affaire, il ne pouvait plus dire que cela ne le concernait pas. La bande Anrai se déchaînait et faisait de nombreuses victimes. Ce village était plongé dans la terreur. C'était une triste réalité.

La disparition massive des *shinobis* était préoccupante, mais Sasuke ne pouvait pas laisser ce village dans cette situation. Car, dans le voyage de Sasuke, il y avait aussi une part de rédemption par rapport à la société.

— Comment ?! Tu acceptes de l'aider ? s'étonna Chino qui n'avait nullement envisagé ce cas de figure.

Elle regardait Sasuke avec des yeux ronds comme des billes. Elle ajouta :

— J'étais sûre que tu allais dire que ça ne te concernait pas, qu'on devait résoudre ce problème nous-mêmes et quitter la maison en donnant un coup de pied sur la table pour la renverser.

Sasuke n'aurait pas renversé de table. Cependant, celui qu'il était autrefois aurait pu effectivement tenir les propos imaginés par Chino. D'ailleurs, avant, il ne se serait même pas arrêté dans ce hameau. Il se serait rendu directement au Pays de la Foudre.

— Donc, tu acceptes, n'est-ce pas ? J'ai bien fait de croire en toi ! approuva Iô.

Iô releva la tête. Il affichait un large sourire. Quel changement d'attitude rapide ! En le voyant, Sasuke se souvint d'un homme. Il s'agissait de Tazuna, un charpentier du Pays des Vagues.

Tazuna avait lutté contre divers obstacles pour installer un pont dans son pays. Il possédait aussi une grande force de persuasion et la capacité à changer rapidement d'attitude. Était-ce une caractéristique propre à cette génération d'hommes ?

Cependant, même si un être cher avait été assassiné, Tazuna avait continué de se battre en risquant sa vie pour l'avenir de son pays, alors qu'Iô, empoisonné par la haine, demandait à Sasuke de l'aider à se venger. Les chemins empruntés par les deux hommes étaient diamétralement opposés.

— C'est bon pour aujourd'hui, non ? Je n'ai pas l'impression que la bande Anrai débarquera ce soir. Laisse-nous nous reposer, supplia Chino en bâillant exagérément.

— Tu as raison. J'ai une chambre pour toi, mon grand. Fais comme chez toi... Si jamais ils arrivent, je compte sur toi, d'accord ? insista Iô.

Il avait le regard d'une personne persuadée que son village allait être attaqué. Dans ses yeux, on décelait une part de ténèbres qui réclamait justice pour sa fille assassinée par la bande Anrai.

Même si Sasuke allait prêter main-forte à Iô pour résoudre l'affaire, il n'avait pas l'intention de l'aider à se venger. S'il lui expliquait cela, Iô ne serait sûrement pas d'accord.

Sasuke ne répondit pas à Iô et entra dans la chambre qu'on lui avait attribuée.

— Hé ! Répète-le encore une fois.

La scène se passait dans un petit village entre deux montagnes. Toutefois, il n'y avait plus aucun habitant. Les maisons avaient été détruites, et tous les villageois sauvagement assassinés. Seules les bêtes féroces, qui s'étaient approchées, attirées par l'odeur du sang, créaient de l'animation.

À l'intérieur d'une maison détruite, un homme adossé à une table lançait une balle contre un mur. Les commissures de ses lèvres se soulevèrent en entendant les paroles de son subalterne.

L'homme avait de longs cheveux aubergine et une couleur de lèvres qui ne reflétait pas la santé. Seuls ses yeux brillaient d'une lueur inquiétante.

— Un peu après la tombée du jour, quand nous sommes allés en reconnaissance au village des Bambous, nous avons vu un homme qui possédait le *sharingan* ! Maître Karyû ! Il s'agit probablement de Sasuke Uchiwa…

La balle lancée contre le mur roula près d'un cadavre. Elle rebondit près d'une flaque de sang et revint de nouveau dans la main de l'homme.

— Sasuke Uchiwa… L'unique survivant des fiers membres du clan Uchiwa… Tu prétends qu'il se trouve dans le village des Bambous ?

L'homme appelé Karyû eut un petit rire. Il s'écarta de la table sur laquelle il s'était appuyé et lança de nouveau la balle contre le mur.

Bouuum !

Un grand bruit d'explosion résonna. Le subalterne s'était bouché les oreilles et avait fermé les yeux de façon instinctive. Au moment où il rouvrit les yeux, il y avait un énorme trou dans le mur par lequel Karyû était sorti.

Karyû leva les yeux vers la lune, qui se cachait entre les nuages. Il tendit un bras vers le ciel.

— Le maître de mon cœur… L'homme qui a fait connaître l'excellence de l'attribut génétique : Sasuke Uchiwa… Dire qu'une occasion de pouvoir le tuer se présente enfin à moi !

Karyû affichait une expression de joie. Il cria en direction de ses subalternes qui attendaient ses instructions :

— Vous autres ! Au boulot ! Ça tombe bien que Sasuke Uchiwa se trouve au village des Bambous… Détruisez tout !

3

Les grandes portes « A » et « N », qui reliaient le village au monde extérieur, étaient fermées comme pour fuir l'obscurité de la nuit. Le rocher où étaient sculptés les visages des Hokage était doucement éclairé par les rayons de lune qui perçaient à travers les nuages.

Parmi les villages de *shinobis*, le village de Konoha du Pays du Feu était particulièrement ancien. Ce village, qui avait subi d'énormes dégâts lors de l'attaque de Pain de l'organisation Akatsuki, était encore plus prospère aujourd'hui, et sa population, qui avait diminué lors de la IVe Grande Guerre ninja, était en train d'augmenter.

Tout semblait a priori fonctionner, mais chaque époque avait son lot d'épreuves.

— Hmm… Ça ne va pas être évident du tout…

Dans son bureau de Hokage, Kakashi, le Sixième, venait de terminer de lire la lettre reçue du village du Brouillard et du village caché des Nuages. Il reprenait son souffle.

Les *shinobis* portés disparus étaient tous expérimentés. Au village du Brouillard, une centaine de *shinobis* et le bateau sur lequel ils se déplaçaient s'étaient volatilisés.

D'après le village caché des Nuages, le bateau avait été aperçu en mer non loin du port du Pays de la Foudre. Il était donc possible qu'il ait accosté un temps au port du Pays de la Foudre. Peut-être était-il reparti pour une destination inconnue en emmenant également à son bord les *shinobis* de Kumo ?

Cependant, s'ils s'étaient enfuis en mer, les choses se corsaient. Ils ne laisseraient ni traces ni odeurs. Et, dans l'immense océan, même si Kakashi invoquait ses chiens ninjas doués pour les recherches, ceux-ci ne parviendraient pas à les retrouver. Le village du Brouillard et le village caché des Nuages devaient certainement avoir beaucoup de mal à effectuer leurs recherches.

Autrefois, cette situation d'urgence n'aurait sûrement pas été dévoilée à d'autres pays, mais cette lettre qui demandait des informations avait été envoyée aux villages de Konoha, d'Iwa et de Suna. Elle serait probablement envoyée également à d'autres endroits.

Quand Kakashi apprit cette nouvelle, il en informa immédiatement tous les *shinobis* de Konoha. Sasuke, qui voyageait à travers le monde, fut également mis au courant.

Kakashi suspectait l'usage d'une technique de *genjutsu* dans cette affaire. Même si Kiri et Kumo n'avaient pas émis d'hypothèses, ils devaient sûrement supposer la même chose.

On pouvait même ajouter qu'il s'agissait d'une technique de *genjutsu* inconnue. C'était la seule chose envisageable au vu de l'incapacité du grand nombre de *shinobis* qui n'avaient pu faire face à ce qui leur était arrivé. Sasuke avait sûrement dû penser la même chose à la lecture du courrier de Kakashi.

Sasuke avait dit qu'il partait en voyage pour acquérir des connaissances, pour faire une rédemption et également parce qu'une chose le préoccupait. À la différence des *shinobis* du village, il avait une plus grande marge de liberté. Et surtout, il possédait le *sharingan* et le *rinnegan*. Il verrait peut-être ce que d'autres n'avaient pas remarqué.

— Le Sixième.

Quelqu'un frappa à la porte du bureau. Kakashi comprit à la voix qu'il s'agissait de Shizune, la disciple de Tsunade, la précédente Hokage.

— Oui ! Entre ! la pria-t-il.

Shizune soutenait Kakashi dans sa fonction.

— Excusez-moi de vous déranger, le Sixième. Saï a une information à vous communiquer, annonça Shizune en passant la tête par la porte entrouverte.

Son visage était un peu ombrageux.

Kakashi avait chargé Saï d'informer Sasuke. Saï voulait sûrement l'avertir que l'information avait été transmise.

L'expression de Shizune était un peu préoccupante, mais Kakashi lui répondit :

— Vas-y. Fais-le entrer.

— Dans ce cas… fit Shizune en ouvrant complètement la porte et en se retournant.

— Bonjour ! s'écria Saï en entrant et en affichant un sourire rusé.

— Bonjour…

Après lui, Sakura pénétra dans la pièce avec un air désolé. Kakashi se demanda ce qui se passait. Puis une autre personne cachée derrière Sakura se montra à son tour.

— Salut, Maître Kakashi ! lança joyeusement Naruto en affichant un large sourire.

C'était Naruto Uzumaki, qui avait sauvé le monde lors de la IVe Grande Guerre ninja. La présence de Saï pouvait s'expliquer, mais pourquoi Sakura et Naruto étaient-ils également présents ?

— Bah ! C'est sûrement ton idée, n'est-ce pas, Naruto ? s'enquit Kakashi.

Naruto rit malicieusement, les bras croisés derrière la tête et affirma :

— Saï m'a dit qu'il venait vous voir. Alors, je l'ai suivi, annonça-t-il sans la moindre gêne.

— Toi aussi, Sakura ?

— J'étais en train d'effectuer des recherches avec Shizune…

Quand Saï et Naruto étaient venus voir Shizune pour obtenir une entrevue avec le Hokage, ils avaient vu Sakura. Ils lui avaient proposé de les accompagner.

— Je vais commencer par écouter ce que Saï a à me dire, déclara Kakashi.

— Sasuke semble avoir receptionné le message de l'autre jour, affirma Saï.

— L'oiseau de la Toile aux Monstres Fantomatiques s'est envolé en direction du nord-est. Vu le nombre de jours écoulés, Sasuke doit se trouver au Pays des Sources Chaudes ou au Pays du Gel, non ? demanda Kakashi.

En entendant cela, Sakura sembla soulagée. Sasuke était en vie quelque part dans ce monde. Rien qu'à entendre ces mots, elle fut rassurée.

— Dites, Maître Kakashi. Vous avez du nouveau sur l'affaire des disparitions ? questionna Naruto en décroisant ses bras qu'il tenait derrière la tête.

Il regardait la lettre que Kakashi avait entre les mains. Il était perspicace pour ce genre de chose.

— Il paraît qu'ils n'ont pas de preuve…

— Le Sixième… Il y a un point préoccupant à ce sujet, déclara Shizune.

Sakura acquiesça et s'avança vers le Hokage.

— Il semble que des *shinobis* aient également disparu à Konoha, annonça Sakura.

— Comment ?! s'écria Kakashi en se levant de la chaise.

— Il ne s'agit pas d'une affaire spectaculaire comme pour le village du Brouillard et le village caché des Nuages. Ce sont quelques cas isolés qui ont eu lieu ces trois derniers mois… C'est juste que ça n'a pas été communiqué à l'extérieur. Il y a peut-être encore d'autres cas, expliqua Sakura.

Même encore aujourd'hui, il existait des missions risquées pour les *shinobis*. Il arrivait que des ninjas disparaissent. Comparé à ce qui se passait avant, le va-et-vient des personnes avait augmenté à cause de l'ouverture des échanges avec les autres régions du monde. Cela n'avait donc rien d'exceptionnel. Cependant, une chose semblait tracasser Kakashi.

— Pourquoi tu effectues des recherches, Sakura ?

Il trouvait surprenant que Sakura, qui passait déjà de grosses journées en tant que médecin ninja, consacre encore du temps à des recherches. Sakura sembla embarrassée quand Kakashi lui posa la question.

— En fait, un habitué du magasin de la famille d'Ino a disparu au cours d'un voyage. Ino dit qu'il n'est pas du genre à disparaître comme ça. C'est alors que je me suis souvenue immédiatement de l'affaire des disparitions.

Ino Yamanaka était une *kunoichi*. Elle était la rivale et la meilleure amie de Sakura. Sa famille tenait un magasin de fleurs. Il arrivait qu'Ino garde le magasin. Sakura n'avait sûrement pas réussi à oublier le visage inquiet d'Ino quand elle lui avait parlé de la disparition d'un habitué du magasin.

— Je comptais vous en informer dès que j'aurais eu davantage de données… ajouta-t-elle.

En effet, Sakura aurait préféré en parler à Kakashi une fois qu'elle aurait été certaine des faits.

— Je te remercie. Je vais être plus vigilant.

Une personne au sommet de la hiérarchie ne détenait pas toujours toutes les informations. Était-ce une bonne ou une mauvaise chose ? Les gens pensaient que certaines informations ne nécessitaient pas d'être communiquées au Hokage. Elles étaient filtrées arbitrairement. De nombreuses données échappaient donc au Hokage. Voilà pourquoi l'avis d'une personne de confiance comme Sakura était très précieux aux yeux de Kakashi.

Il pensait qu'il avait de la chance d'avoir eu vent de cette information.

Au moment où il tourna son regard vers Naruto, qui avait amené Sakura jusqu'à lui, il entendit qu'on l'appelait.

— Le Sixième ! Il y a eu une intrusion dans le village ! clamait un *shinobi* de l'unité des barrières magiques, qui fit soudain irruption dans le bureau du Hokage.

— Quelqu'un a été en contact avec la barrière ?

Au village de Konoha, il existait une barrière de protection de forme sphérique. Elle incluait une partie en sous-sol et une autre dans les airs. Après l'attaque d'Akatsuki, une barrière renforcée avait été mise en place.

— En fait, ils ont déjà franchi la barrière ! Les intrus se trouvent aux portes d'entrée « A » et « N » ! expliqua le *shinobi*.

— Comment ?!

— Actuellement, des *shinobis* de l'unité des barrières magiques se dirigent vers les por…

Il n'eut pas le temps de terminer sa phrase. Il fut interrompu par une détonation. Kakashi et les autres ouvrirent la fenêtre du bureau du Hokage et regardèrent à l'extérieur.

— Maître Kakashi… Il y a des flammes ! hurla Sakura en pointant du doigt un lieu proche des portes d'entrée du village.

On voyait des flammes et de la fumée. Le feu était peut-être lié à l'explosion qui venait de se produire.

— Maître Kakashi ! On se charge d'aller voir ça de plus près ! annonça Naruto.

Saï déroula prestement le parchemin accroché à sa ceinture et parcourut le papier de son pinceau. L'encre dessina un gigantesque oiseau aux ailes déployées.

— *Ninpô* ! Toile aux Monstres Fantomatiques !

Comme si l'oiseau venait de naître, il jaillit du rouleau et déploya ses ailes à l'extérieur de la fenêtre. Saï sauta en premier sur le monstre qui battait des ailes. Il fut suivi par Naruto et Sakura.

— Je compte sur vous !

Naruto et ses amis hochèrent la tête et s'envolèrent en direction du départ de feu.

— Le Sixième ! Je pars donner des indications pour éteindre l'incendie ! déclara Shizune.

Kakashi acquiesça et donna l'ordre de récolter un maximum d'informations sur ce qui venait de se passer. Puis il jeta un coup d'œil sur la lettre qui était posée sur son bureau.

— Qu'est-ce qui est en train de se passer ?

Sur le dos du gigantesque oiseau de la Toile aux Monstres Fantomatiques dessiné par Saï, Naruto et ses amis se dirigeaient vers les portes du village où se situait le départ de feu. Cependant, Saï descendit subitement en altitude, et l'oiseau se mit à voler au ras des bâtiments.

— Saï ! Qu'est-ce que tu fais ? s'étonna Naruto.

Sous leurs yeux, une équipe de trois *shinobis* couraient sur les toits.

— Oh ! Shikamaru ! s'exclama Naruto.

En entendant Naruto, Sakura se pencha également au-dessus de l'oiseau pour regarder plus bas.

— Il y a aussi Ino et Chôji ! Tu as l'œil, Saï ! commenta-t-elle.

Il s'agissait du célèbre trio Ino-Shika-Chô. Les voix de Naruto et de Sakura attirèrent l'attention du trio.

— Vous vous rendez aussi aux portes du village ? cria Shikamaru en se retournant vers Naruto et ses amis.

— Oui ! Montez ! leur proposa Saï.

Le trio sauta sur le dos de l'oiseau.

Au moment où Chôji les rejoignit d'un bond, l'oiseau chancela sous son poids et manqua de percuter un bâtiment. Mais Saï monta instantanément en altitude et parvint à l'éviter.

Naruto et ses amis observaient le trio qui les avait rejoints.

Shikamaru, Ino et Chôji étaient trois amis d'enfance. Ils avaient formé une équipe sous l'égide d'Asuma Sarutobi par le passé. Mais, aujourd'hui, chacun avait des responsabilités, et il était rare de les voir en mission ensemble.

— Ino et sa mère nous ont demandé de retrouver un de leurs clients favoris, expliqua Shikamaru.

Naruto se souvint de l'information qu'avait dévoilée Sakura à Kakashi un peu avant.

— Avez-vous trouvé des indices ?

— On a retrouvé la dernière auberge où le client a passé la nuit. D'après le témoignage de la patronne, il revenait des sources thermales et allait rentrer à Konoha.

Naruto et les autres savaient maintenant de façon certaine que l'homme n'avait nullement l'intention de disparaître.

— Cela signifie qu'il s'est passé quelque chose sur le chemin du retour au village ? interrogea Naruto.

En entendant les paroles de Naruto, Ino hocha vigoureusement la tête et dit :

— Le client s'appelait M. Tadaichi. Il avait perdu sa femme jeune. C'était le genre d'homme à venir acheter des fleurs dès qu'il avait un moment de libre pour les déposer sur la tombe de son épouse. Autrefois, il travaillait à l'Anbu, mais il avait un certain âge. Cette année, il avait pris sa retraite en tant que *shinobi*. Il nous avait dit qu'il allait faire le tour de tous les lieux où il s'était rendu avec son épouse. Depuis, nous n'avons plus eu de ses nouvelles…

Ce client venait au magasin depuis qu'Ino était enfant. Elle était probablement attachée à lui.

— Vous savez bien. En ce moment, il se passe des choses au village du Brouillard et au village caché des Nuages. Alors, on a eu peur qu'il ne soit mêlé à ces histoires. Une enquête est menée aussi au village caché des Nuages. Mais le jour du départ de M. Tadaichi, il a plu. Alors, c'est difficile de retrouver sa trace. Son odeur a dû être effacée par la pluie, expliqua Chôji Akimichi.

Chôji était en contact avec Karui, une *kunoichi* du village caché des Nuages. Il avait sûrement obtenu ces renseignements grâce à elle.

— Mais avant, il va falloir faire quelque chose de cette situation, déclara Shikamaru comme pour couper court à la conversation en fixant les portes d'entrée du village.

Au niveau des portes d'entrée, qui étaient fermées puisqu'on était en pleine nuit, du côté de Konoha, les flammes montaient vers le ciel.

— Tu sais, Shikamaru… On était avec Maître Kakashi jusqu'à tout à l'heure. On a appris qu'il y avait eu une intrusion à Konoha. Les *shinobis* de l'unité des barrières magiques doivent déjà être sur place.

— Dans ce cas, suffit-il de trouver l'unité des barrières magiques pour retrouver les intrus ? questionna Shikamaru.

Naruto se pencha vers l'avant et plissa les yeux.

— Là-bas !

En regardant au loin, Naruto vit l'unité des barrières magiques qui combattait d'autres *shinobis*.

Shikamaru localisa aussi l'unité.

— Qu'est-ce que ça veut dire ? L'unité ne livre qu'un combat strictement défensif ! remarqua-t-il en fronçant les sourcils.

Shikamaru avait raison. Les *shinobis* de l'unité des barrières magiques battaient en retraite comme s'ils voulaient éviter tout affrontement. Il y avait déjà des blessés. Des hommes étaient étendus sur la route.

— Quoi ?

Ino poussa soudain un cri de surprise.

— Qu'est-ce qu'il y a, Ino ? lui demanda Sakura.

Cependant, Ino ne répondit pas. Mais elle semblait prête à bondir pour les rejoindre.

— Attention, Ino !

Saï se précipita sur elle pour lui saisir le bras et l'empêcher de partir.

Le regard d'Ino était rivé sur les ennemis qui attaquaient sans relâche l'unité des barrières.

— Ce n'est pas possible… lâcha Ino.

En la voyant pâlir à vue d'œil, Chôji s'écria :

— Bon sang ! Que se passe-t-il, Ino ?

Elle donnait l'impression qu'on voulait lui extorquer les mots de la bouche.

— C'est… M. Tadaichi…

— Quoi ?

— C'est M. Tadaichi !

En entendant ce nom, tout le monde fut sous le choc. L'homme qu'elle avait appelé « M. Tadaichi » portait un vêtement de voyage et affichait un air totalement absent.

— Es-tu sûre de toi, Ino ? insista Shikamaru comme pour vérifier l'information.

— Oui, il n'y a aucun doute ! Mais il n'est vraiment pas le genre d'homme à s'opposer à Konoha ! Pourquoi fait-il une chose pareille ?

— Dans ce cas…

Shikamaru observa Tadaichi qui se trouvait en bas.

— Il est possible qu'il soit sous l'emprise d'un sort de *genjutsu*.

À ces mots, Sakura sembla réaliser une chose. Elle regarda tour à tour le visage des ennemis.

— Shikamaru a peut-être raison… annonça-t-elle.

— Qu'est-ce que tu veux dire, Sakura ?

Dans l'esprit de Sakura, le souvenir des disparus sur lesquels elle était en train d'enquêter ressurgit.

— Ce sont toutes des personnes portées disparues, déclara-t-elle.

— Comment ?!

— Il y a des *shinobis* de Konoha ! Peut-être que toutes ces personnes sont de Konoha !

Shikamaru fit claquer sa langue et regarda les *shinobis* de l'unité des barrières magiques.

— Cela explique pourquoi ils ne faisaient que se défendre !

Parmi les hommes de l'unité, certains avaient dû reconnaître des *shinobis* de Konoha.

Si ces derniers avaient reçu un sort de *genjutsu*, il était possible de leur faire retrouver la raison grâce à une technique de rupture de *genjutsu*. L'unité des barrières magiques devait sûrement combattre en ayant cela en tête. Il était évident que ses membres ne portaient pas les coups suffisamment fort pour tuer

— Hein ? Mais qu'est-ce que ça veut dire ? interrogea Naruto.

À cet instant, il sentit une sensation d'oppression, comme si quelque chose s'était mis à gonfler et à s'approcher de lui. Tadaichi, qui avait été blessé par l'unité des barrières magiques, était allongé au sol. Son corps était secoué par de petits tremblements.

— Oh ! Non ! s'écria Naruto qui fut le premier à bondir.

« Multiclonage !! »

Il forma un sceau dans les airs, et chacun de ses clones atterrit près d'un *shinobi* de l'unité des barrières magiques.

— Naruto ?!

— On s'envole ! déclarèrent les Naruto sans laisser le choix aux *shinobis*.

En effet, chaque clone souleva un homme de l'unité. D'un bond, tous s'éloignèrent du lieu. Quand ils se retournèrent, ils virent Tadaichi se relever doucement. Bien qu'il soit blessé, son visage restait toujours inexpressif.

De ses plaies jaillissait un sang rouge qui faisait des bulles comme en effervescence. Mais ce n'était pas tout. Le corps de Tadaichi se déformait. On avait l'impression qu'un organisme vivant bougeait à l'intérieur de lui.

— On doit s'éloigner davantage ! cria Naruto en prenant de la distance.

Après avoir déposé le *shinobi* de l'unité des barrières magiques en lieu sûr, il voulut accourir près de Tadaichi pour tenter de le sauver.

Cependant, le corps de Tadaichi était gonflé comme un ballon de baudruche. Sa peau était tendue au maximum. Elle était en train de se déchirer. Puis Tadaichi explosa dans un bruit tonitruant. Une maison située juste à côté fut détruite par la déflagration. Heureusement, les clones de Naruto avaient eu le temps de vérifier l'intérieur des maisons et d'évacuer les habitants au besoin. Il n'y avait donc pas eu de victimes humaines à déplorer.

Et un nouveau départ de feu commença.

— Est-ce que ça va, Naruto ?! s'assura Sakura.

L'oiseau de la Toile aux Monstres Fantomatiques de Saï avait atterri. Sakura et les autres accoururent près de Naruto.

— Monsieur Tadaichi…

Ino regardait stupéfaite les lambeaux de chair éparpillés un peu partout. Sakura posa sa main sur le dos de son amie pour la consoler. « Ça va aller » se contenta de prétendre Ino en hochant la tête comme pour se convaincre elle-même.

Puis toutes deux se hâtèrent de rejoindre les *shinobis* de l'unité des barrières qui étaient blessés.

Cependant, la menace n'était pas écartée.

— Hé ! Y a quelque chose qui cloche, non ? demanda Shikamaru.

Son visage s'était durci en voyant les *shinobis* de Konoha qui étaient probablement manipulés. Alors qu'ils étaient en train d'attaquer l'unité des barrières un peu plus tôt, ils s'étaient soudain tous mis à courir en tournant le dos. Puis ils posèrent leurs mains à plat sur le mur qui encerclait le village de Konoha. Naruto sembla réaliser une chose et s'exclama :

— Non ?! Eux aussi ?!

Naruto fixa leurs corps. Il s'aperçut qu'ils étaient tous blessés quelque part. C'étaient sûrement ces sortes de plaies qui avaient déclenché l'explosion de Tadaichi.

Des plaies de ces *shinobis*, du sang jaillissait en faisant des bulles comme tout à l'heure. Un frisson parcourut le corps de Naruto.

— Shikamaru ! Ils vont tous exploser ! cria-t-il.

— Quoi ?! S'il y a d'autres déflagrations comme la précédente, cela peut faire sauter carrément les environs !

Il restait neuf personnes. Leurs corps commençaient à se déformer comme si quelque chose à l'intérieur les transperçait. Ils commençaient à enfler.

Shikamaru fit claquer sa langue et hurla en direction de Chôji :

— Tu peux sortir des ailes avec ta technique de Décuplement ?

— Euh… D'accord !

Chôji ouvrit le paquet de chips qu'il avait caché et vida entièrement son contenu dans sa bouche. Tout en dévorant les chips en faisant du bruit, il concentra toute sa force dans son corps.

— Raaaaaaaaoh !

Il s'agissait de la technique secrète transmise dans le clan Akimichi. Le corps de Chôji devint subitement gigantesque, et des ailes de papillon lui poussèrent dans le dos. Cette technique nécessitait une quantité phénoménale de chakra. Le visage aux joues rebondies de Chôji s'émacia d'un coup.

— Naruto ! Il reste combien de temps avant l'explosion ?

— À peu près dix secondes !

Neuf… Huit… Sept…

— J'ai compris ! Mettez-vous tous derrière Chôji ! Accrochez-vous à quelque chose de solide !

Six… Cinq… Quatre…

— Chôji ! Maintenant ! Bats des ailes aussi fort que tu le peux !

— O.K. !

Chôji avait rapidement saisi l'idée de Shikamaru. Il rassembla ses forces et fit battre ses immenses ailes constituées de chakra ! Il mit également tout son chakra possible dans le vent qu'il créait grâce à ses battements.

Trois... Deux... Un...

Un bruit d'explosion sourd se fit entendre. Puis les corps des *shinobis* collés au mur explosèrent en même temps. De ses yeux perçants, Shikamaru regarda droit devant lui et cria :

— Ça vient !

Quand le souffle de l'explosion s'étendit vers le village de Konoha, il se heurta au vent violent, proche d'une tornade, émis par le corps décuplé de Chôji. Le vent généré par Chôji avait contré le souffle de l'explosion. Désormais, les deux forces s'affrontaient.

— Je vais te prêter main-forte !! lança Naruto à Chôji.

Puis Naruto s'adressa à son acolyte :

— On y va, Kurama !

— D'accord ! consentit Kurama.

Autrefois source de haine, aujourd'hui Kurama était devenu le coéquipier de Naruto. Pour soutenir Chôji, Naruto avait fait appel au *bijû* Kurama. Une force parcourut le corps de Naruto et généra un Orbe Tourbillonnant. Naruto l'envoya en direction du souffle de l'explosion. Cette nouvelle force repoussa le souffle de l'explosion, et protégea ainsi le village.

— Oui, c'est bien ! acquiesça Naruto.

Le souffle déjà en lutte avec le vent de Chôji fut envoyé à l'extérieur du village grâce au renfort de l'Orbe Tourbillonnant de Naruto. Les arbres de la forêt à côté des portes d'entrée s'abattirent en raison de la violence du souffle et des vents.

— Haah… Haah… On a réussi à sauver la situation ? s'enquit Chôji en détendant ses épaules.

Il venait d'arrêter sa technique. Une partie du mur qui encerclait Konoha avait été détruite. Cependant, le village semblait avoir été épargné. Les départs de feu dans le village avaient été éteints par la puissance des vents. Shikamaru donna une tape sur l'épaule de Chôji en lui disant :

— Tu as assuré !

Sakura courut vers la partie du mur endommagée. Mais elle baissa les épaules, dépitée. Les *shinobis* avaient été transformés en lambeaux de chair, impossibles à récupérer. Ino, elle, se mordit les lèvres.

— Quoi qu'il en soit, nous devons en informer le Sixième. Saï ! Emmène-nous avec ta Toile aux Monstres Fantomatiques.

Shikamaru donna rapidement cette instruction. Naruto voulut les accompagner.

— Naruto !

Au moment où Saï saisit son pinceau, une voix appela Naruto. Un homme portant de grosses lunettes de soleil ainsi que des cheveux noirs et courts dressés sur la tête arriva en courant vers eux.

— Euh… Tu es qui déjà ?

Son visage disait quelque chose à Naruto, mais il ne se souvenait plus de son nom.

— Je suis Aoba Yamashiro !

— Aoba Yamashiro… répéta Naruto.

— On a été ensemble à Kamejima ! Tu t'en souviens ?

— Mais oui ! Bien sûr ! Quoi ? Tu vas encore à Kamejima ?

— Mais non ! J'ai un message de la part du Hokage ! cria Aoba qui craignait qu'ils ne s'éloignent du sujet principal.

— Un message de Maître Kakashi ? Je t'écoute !

— Des intrus ont été repérés tout à l'heure au niveau des barrières magiques. Ils seraient environ une trentaine.

— Quoi ?!

— Quoi ?!

Les cris d'étonnement de plusieurs personnes se superposèrent.

Une trentaine de personnes.

Ces effectifs étaient trois fois plus nombreux que ceux de l'attaque qu'ils venaient de subir.

— Ce sont de nouveaux intrus ? Cette fois, ils ont pu être détectés ? se renseigna Sakura.

Aoba hocha la tête.

— Oui, ils se dirigent vers nous en ce mo…

Avant même qu'Aoba termine sa phrase, Naruto sentit un regard venant de la forêt, de l'autre côté du mur détruit.

— Ce sont eux ?

De la forêt sombre sortit d'abord un homme. Puis un autre, suivi d'un troisième. Sakura fut troublée à la vue de leurs vêtements. Elle murmura :

— Ce ne serait pas…

Ils portaient des tenues de *shinobis* de Kumo et de Kiri. Certains portaient sur leur bandeau frontal l'emblème du village caché des Nuages, et d'autres, celui du village du Brouillard.

Shikamaru, qui avait l'esprit vif, grommela :

— On dirait que ça se complique…

Puis il se lança dans une explication.

— Tout à l'heure, Naruto et vous autres, vous étiez dans le bureau du Sixième… enfin de Maître Kakashi, n'est-ce pas ? Puis vous avez accouru ici en apprenant qu'il y avait eu des intrus. D'après ce que je viens d'entendre, l'unité des barrières magiques n'a pu détecter les intrus qu'une fois à l'intérieur du village.

— Oui, c'est ça.

Shikamaru parlait comme s'il avait été lui-même présent.

— Même si ces hommes étaient manipulés, Tadaichi était un *shinobi* de Konoha. C'était la raison pour laquelle il avait pu s'introduire dans le village sans se faire détecter. Mais peut-être n'avait-il joué qu'un rôle de connecteur ?

Le groupe d'hommes sous emprise approchait lentement. On ne décelait aucune volonté dans leurs yeux glauques. En réalité, c'étaient eux qui constituaient la troupe principale.

— De plus, il est fort probable que ceux qui se trouvent devant nous sont les *shinobis* disparus du village du Brouillard et du village caché des Nuages. Ils réapparaissent tour à tour ! annonça Shikamaru en se grattant la tête, l'air embarrassé.

— Shikamaru, je crois que ce qui les fait exploser, ce sont leurs plaies. Leurs corps commencent à se déformer après qu'un étrange chakra jaillit d'une blessure, affirma Sakura.

Tout comme Naruto, elle avait remarqué leurs blessures et deviné qu'elles déclenchaient l'explosion.

— Si c'est le cas, il va bien falloir réfléchir à ce qu'on va faire… en conclut Shikamaru.

Il afficha un air grave et regarda les *shinobis* qui avançaient vers eux.

Il n'y avait pas que Konoha qui était dans cette situation.

— Que font ici les *shinobis* qui devaient suivre l'entraînement commun ?

À la différence de Konoha, qui n'avait envoyé que très peu d'hommes à l'entraînement commun, le village du Brouillard avait inscrit plusieurs dizaines de ses *shinobis*. Du coup, ils avaient envahi jusqu'au cœur du village.

Chôjûrô, qui combattait pour protéger les organismes centraux du village, grinça des dents en voyant les multiples départs de feu.

— Chôjûrô ! L'évacuation du doyen et des enfants est terminée. Alors, je vais y aller, déclara la Mizukage, qui venait de recevoir l'annonce de la fin de l'évacuation des habitants.

Puis elle fonça directement au milieu des combats.

— Dites aux hommes d'attirer l'attention des ennemis sur moi. J'ai l'obligation de protéger les habitants du village. Et ces hommes en font partie, affirma la Mizukage en fixant l'épaisse fumée qui n'avait rien à voir avec la brume habituelle du village.

Les *shinobis* manipulés appartenaient au village du Brouillard.

— Maître Mizukage… C'est moi qui vais vous protéger… qui vais protéger le village, je veux dire… Je vous en fais la promesse ! clama Chôjûrô.

— Oui ! Je compte sur toi.

— Chef ! Navré, mais vous devez nous laisser faire !

— Grr… grommela le Raikage.

De même, au village caché des Nuages, les *shinobis* ne savaient comment réagir face aux leurs qui étaient revenus dans un état méconnaissable.

Ne pouvant rester les bras croisés, le Raikage prenait lui-même part au combat. Mais Darui le contrôlait, car le Raikage risquait d'augmenter les dégâts.

— N'est-il pas préférable de faire appel à Maître Killer Bee ?

Omoï avait évoqué le nom de son maître, Killer Bee, en imaginant le pire des scénarios. Mais tous les *shinobis* présents crièrent à l'unisson :

— Non ! Ça rendra les choses encore plus compliquées !

— Shî ! Tu n'arrives pas encore à détecter l'identité de l'ennemi ?

Le regard de Darui s'était porté sur Shî, le *shinobi* de type sensoriel. Ce dernier fit « non » de la tête en faisant la grimace.

Leurs adversaires étaient des *shinobis* qui subissaient un sort de *genjutsu*. Ils étaient dénués de volonté propre. Et ils explosaient quand ils se blessaient.

Comment fallait-il les affronter ?

— Naruto !

Une nouvelle voix retentit. Naruto se retourna et vit une femme aux longs cheveux noirs qui flottaient au vent courir vers lui.

— Hinata ?

Shikamaru annonça à Naruto qui semblait surpris :

— Quand tu as remarqué que M. Tadaichi allait exploser et que tu as sauté de l'oiseau, j'ai fait venir Hinata en passant par Ino.

Hinata, originaire de la branche principale du clan Hyûga, était détentrice du *byakugan*. Elle possédait un large champ de vision et la capacité de voir au travers des choses.

— Hinata… Il semble que ces hommes subissent une technique de *genjutsu*. Vois-tu celui qui les contrôle ?

Hinata, qui était désormais l'épouse de Naruto, répondit :

— Entendu. Je vais effectuer une recherche.

Elle concentra toute sa force dans ses yeux.

« Byakugan ! »

Hinata observa les environs grâce au *dôjutsu*, capable de voir au travers de toutes les choses. Elle mobilisa toute son attention pour n'oublier aucun endroit : de la forêt à l'intérieur des bâtiments.

— Alors…?

— Non, je ne vois personne.

— Quoi ? Tu ne vois personne ?! s'écria Sakura étonnée.

Dans ce cas, comment ces hommes pouvaient-ils être manipulés ?

— Toutefois, j'ai remarqué qu'un chakra différent circulait dans leurs corps…

— Qu'est-ce que ça veut dire, Hinata ? questionna Naruto.

Le *byakugan* de Hinata avait perçu un chakra d'une nature différente à l'intérieur des corps des *shinobis* manipulés. Une présence subtile décelable seulement grâce au *byakugan*. Cette présence pouvait être la chose qui gérait tous ces hommes.

— Dans ce cas, ne suffit-il pas d'ôter ce chakra de leurs corps ?

Naruto pensait qu'en enlevant la cause le problème serait résolu. Toutefois, le visage de Hinata resta toujours aussi sombre.

— Ce chakra étranger parcourt leurs corps comme s'il en faisait partie intégrante… Il a peut-être fusionné avec leurs organismes…

Sans compter qu'il fallait que ce chakra soit ôté sans créer de plaies extérieures.

— Ça signifie que ce ne sera pas simple d'ôter ce chakra, déclara Shikamaru en soupirant. On va devoir commencer par capturer ces *shinobis* sans les blesser…

Ino fronça les sourcils en entendant ces propos et prit la parole.

— Mais ça va être compliqué de capturer autant d'individus sans que personne soit blessé,

Shikamaru. Ils sont tous collés les uns aux autres comme des boulettes sur une brochette !

Ino avait raison. Les *shinobis* qui s'approchaient de Konoha restaient groupés et serrés. Si un seul d'entre eux était blessé et explosait, nul doute que cela ferait exploser tous les autres.

Naruto leva subitement son visage. Tous les regards convergèrent vers lui.

— Je viens d'avoir une idée ! Approchez…

— Je vois. Le principe est simple, mais ça peut fonctionner, commenta Shikamaru en esquissant un sourire après avoir entendu l'explication de Naruto.

Naruto lui rendit son sourire et regarda Hinata.

— Ça te va aussi, Hinata ? s'enquit Naruto.

Hinata acquiesça.

— Dans ce cas, on y va ! lança Naruto, qui partit en avant.

Il foula énergiquement le sol et se mit à courir. Tout en courant, il réalisa sa technique du Multiclonage. Les clones prirent place tout autour du Naruto original dans une formation en forme de V. Ils avançaient alignés. Les yeux des *shinobis* manipulés captèrent les Naruto et les identifièrent comme des ennemis.

Ce fut alors que Naruto et ses clones s'éparpillèrent dans toutes les directions.

— Hé ! Par ici !

— Non ! Non ! Par là !

— Je suis là ! Coucou !

Naruto et ses clones avaient agi de façon exagérée pour provoquer les *shinobis*. Cela avait-il fonctionné ? Les *shinobis* manipulés se dispersèrent également pour poursuivre les Naruto. Mais ces derniers commencèrent à prendre de la distance par rapport à leurs adversaires.

— Allez ! On y va !

Shikamaru identifia un *shinobi* manipulé qui était isolé et qui ne ferait pas de victimes collatérales si les choses tournaient mal. Il forma un sceau en joignant ses deux mains.

« Manipulation des Ombres ! »

Une ombre éclairée par la douce lueur de la lune s'allongea vers l'ennemi.

— Bien !

Elle rejoignit l'ombre de l'adversaire dont les mouvements furent stoppés net. Shikamaru écarta légèrement les jambes et laissa ses deux bras pendre le long de son corps. L'homme en face de lui fit les mêmes mouvements.

— Hinata !

— Oui !

À l'aide de son *byakugan*, Hinata observa les points vitaux de cet homme. Elle devait viser un seul d'entre eux, celui de l'arrêt immédiat. Hinata pointa son index. Elle n'avait pas le droit à l'erreur. Elle se figura les mouvements de Neji Hyûga considéré comme le plus grand génie du clan Hyûga.

— Ah !

Après avoir harmonisé son souffle, Hinata plongea son doigt dans le corps de l'homme. Après une respiration, la force quitta le corps de l'homme. Hinata avait réussi à atteindre avec précision le point vital de l'arrêt immédiat.

Shikamaru rompit le sort de la Manipulation des Ombres, et le corps de l'homme s'inclina.

— Tu as réussi ?! demanda Naruto.

Un des clones de Naruto rattrapa dans ses bras l'homme qui tombait à la renverse. Puis il regarda Hinata.

— J'ai frappé son point vital de l'arrêt immédiat. Cet homme ne devrait pas bouger pendant une journée… annonça-t-elle.

En effet, l'homme semblait complètement inerte dans les bras de Naruto. Avec cette méthode, il était possible d'arrêter ces *shinobis* manipulés sans courir de danger. Cependant, elle nécessitait une grande concentration et elle serait sûrement très éprouvante pour Hinata.

— Est-ce que ça va, Hinata ? s'assura Naruto qui s'inquiétait pour elle.

— Ça va. Je vais me battre à vos côtés.

En entendant ces paroles, Naruto sembla réaliser une chose, puis il hocha la tête. Comme si cela avait été un signal, Shikamaru prit la parole.

— Dans ce cas, on s'occupe de tout le monde d'un coup ?

Cette fois, l'ombre de Shikamaru s'allongea vers tous les *shinobis* manipulés.

La tâche simple fut répétée plusieurs fois. Grâce à cette méthode, tous les *shinobis* furent capturés sans faire aucune victime. Maintenant, ils étaient tous allongés calmement sur le sol. Le problème semblait être résolu. Mais l'expression de Naruto et de ses amis était encore sombre.

— Ça ne va pas...

Sakura essayait une technique de rupture de *genjutsu* pour rompre le sort de *genjustu* dont ils étaient prisonniers. Cependant, le chakra étrange qui circulait dans leurs corps ne montrait aucun signe de changement.

— Après un certain temps, l'effet de l'arrêt immédiat va se dissiper... Si cela prend trop de temps, il faudra peut-être de nouveau frapper leur point vital avant qu'ils reprennent conscience... ajouta Sakura.

— La barbe ! On ne peut pas les quitter des yeux... Si seulement on pouvait savoir ce qui leur est arrivé... intervint Shikamaru.

En entendant ces paroles, Aoba, qui était venu transmettre un message de Kakashi, déclara :

— Je vais essayer une chose...

Il allongea sa main pour regarder dans leurs souvenirs.

— Ça ne risque rien ? questionna Naruto.

Aoba jeta un coup d'œil à Ino en entendant les paroles de Naruto.

— Je ne suis pas aussi doué que M. Inoichi, mais je vais faire de mon mieux.

Inoichi était le père d'Ino. Il avait péri lors des affrontements de la IVe Grande Guerre ninja. Parmi le clan Yamanaka, il était le ninja le plus doué en détection. Il était capable de faire le lien entre les *shinobis*.

Aoba posa sa main gauche sur le front d'un *shinobi* du village du Brouillard et sa main droite sur le sien.

— Je vais entrer en lui.

Il relia sa conscience à celle de l'homme et partit en voyage dans le monde des souvenirs. Normalement, à ce stade, il devait voir dans le cerveau de l'autre.

— Mais… C'est…

Cependant, au moment, où il plongea dans la conscience de l'homme, son champ visuel se teinta de rouge. Il plissa les yeux. À perte de vue, il ne vit qu'un océan rouge sang. Les vagues de cette mer réagirent face à cette intrusion et se déchaînèrent.

— Oh non ! Un piège *genjutsu* ?! Je n'en avais jamais vu d'aussi agressif !

Aoba voulut immédiatement s'enfuir. Mais les vagues engloutirent son corps et l'entraînèrent dans le tourbillon de la pensée.

— Sakura… Il n'y a pas un truc qui cloche ? s'inquiéta Naruto.

Il observait Aoba et avait détecté une réaction inquiétante. Aoba avait la bouche à moitié ouverte et il commençait à être secoué d'avant en arrière comme s'il était au milieu de fortes vagues.

— Il y avait peut-être un piège *genjutsu* dans le cerveau ! s'écria Sakura.

— Ça craint, non ? intervint Ino avec vivacité.

Un instant, elle afficha une expression tendue. Sa décision fut prise instantanément. Elle rassembla le bout de ses doigts et visa Aoba.

« Transposition !! »

La Transposition était la technique secrète transmise au sein du clan Yamanaka. Ino avait plongé dans la conscience d'Aoba. Son corps s'inclina soudain à l'horizontale. Shikamaru réagit sur-le-champ et soutint Ino avec la technique de la Manipulation des Ombres.

— Tout va bien, Ino ?

Sakura regarda successivement Ino et Aoba. Le combat n'avait duré qu'un instant. Cependant, pour Ino et Aoba, le temps avait dû paraître beaucoup plus long.

— Haaah !

Aoba prit une grande inspiration et tomba à genoux sur place.

— Merci… Tu m'as sauvé…

Il devait être mentalement épuisé. Aoba respirait difficilement. Ses épaules montaient et descendaient au rythme de son souffle, et il avait les deux mains posées à plat sur le sol pour soutenir son corps.

— On a réussi à s'en sortir, commenta Ino.

Elle avait rompu le sort de Transposition, mais elle était blême.

— Ino ! s'écria Sakura.

— Autrefois, quand j'étais entrée en toi, l'autre toi était venue me gêner… J'ai dû réveiller Aoba avec autant de vigueur.

Ino semblait complètement éreintée, mais elle s'efforça de sourire à Sakura. Cependant, elle avait atteint ses limites. Elle ne put pas prendre davantage sur elle.

— Ino !

Ino perdit connaissance. Elle avait utilisé une quantité trop importante de chakra. Aoba s'effondra également à son tour.

— Saï ! Emmène Ino et Aoba à l'hôpital ! Je vais les ausculter ! lança Sakura tout en commençant à envoyer du chakra dans le corps d'Ino et dans celui d'Aoba.

Elle possédait les techniques de *ninjutsu* médical transmises directement par Tsunade, la précédente Hokage. Saï se hâta de faire glisser son pinceau sur son parchemin.

Du ciel de l'est, le soleil commençait à se lever sans se soucier de tout ce qui était en train de se jouer. Sous les premiers rayons matinaux, une goutte de sueur perla sur la joue de Naruto.

Naruto avait senti qu'une haine profonde avait été implantée dans ces *shinobis*.

Chapitre 2

L'ombre du passé qui ressuscite dans un éclair

1

— Euh… Quand on y pense, on n'a plus vraiment besoin de nous, pas vrai ? Maintenant que mon petit Sasuke est là, il peut se charger de tout, marmonna Chino d'un air fatigué en marchant dans la vaste forêt située après le bois de bambous.

Au lever du soleil, Iô avait surgi et avait réveillé Chino, Nowaki et Sasuke en vociférant.

— Dépêchez-vous de retrouver les membres de la bande Anrai et éliminez-les tous !

Sasuke avait pensé partir mener l'enquête tout seul. Mais ce n'était pas le cas. Finalement, il se rendait au village où avait vécu la fille d'Iô accompagné de Chino et de Nowaki.

— En effet, je vais m'en charger seul… annonça Sasuke.

À ces mots, Chino, qui ne cessait de râler, prit un air boudeur.

— Quand j'entends « Je n'ai pas besoin de vous », ça me donne envie de résister !

Sasuke n'avait pas prononcé exactement ces mots-là, mais l'analyse qu'en avait faite Chino n'était pas erronée. Visiblement vexée, elle s'écria :

— On va se donner à fond ! On fera aussi bien que toi, mon petit Sasuke !

— Peu m'importe, mais cesse de m'appeler ainsi.

— Si tu veux que je cesse, c'est que ça t'importe ! On est plus âgés que toi, mon petit Sasuke. Alors, on peut bien t'appeler comme ça, non ? rétorqua Chino.

Chino avait l'apparence d'une fillette de dix ans tout au plus. Toutefois, elle affirmait être plus âgée que Sasuke. C'était sûrement vrai. À travers ses paroles, on devinait qu'elle avait de nombreuses connaissances et une certaine expérience de la vie. Cependant, quelque chose ne collait pas.

« On ne juge pas les gens sur les apparences ni d'après ses intuitions. »

Ces paroles traversèrent l'esprit de Sasuke. Enfant, il les avait entendues de la bouche de son grand frère, Itachi.

À l'époque, Shisui, qui était très proche d'Itachi, s'était jeté dans la rivière Nakano, déçu par l'avenir des Uchiwa. Les membres du clan Uchiwa avaient suspecté Itachi d'avoir tué Shisui. Alors qu'ils étaient persuadés qu'Itachi ne les attaquerait jamais, quoi qu'ils lui disent, Itachi avait levé la main sur eux en déclarant : « On ne juge pas les gens sur les apparences ni d'après ses intuitions. »

Aujourd'hui, Sasuke réalisait combien Itachi avait dû être en colère et attristé à l'époque. Au lieu d'essayer de comprendre Shisui, qui s'était sacrifié pour le clan, les Uchiwa avaient interprété son acte comme cela les arrangeait et s'en étaient servis pour attaquer une tierce personne.

Hiruzen, le troisième Hokage, avait raconté qu'Itachi était un enfant très sensible. Itachi prenait en compte les enseignements et les signes des prédécesseurs du clan auxquels personne ne prêtait plus attention. Il ressentait et devinait des faits qui s'étaient déroulés autrefois au village ou dans la vie des *shinobis* sans que personne lui ait expliqué la moindre chose.

Itachi parvenait à réfléchir à l'avenir des *shinobis* et à celui du village en prenant de la distance avec son clan. Il avait d'ailleurs des craintes à ce sujet.

— Toi aussi, tu vas entrer ici, Itachi ?

Enfant, Sasuke avait posé cette question à son grand frère quand ils se trouvaient devant le siège du département de Police de Konoha.

Le département de Police réprimait les crimes commis par les *shinobis* et maintenait la sécurité et la paix au village. Cet organisme avait été fondé par les ancêtres du clan Uchiwa. À cette époque, il était dirigé par Fugaku, le père de Sasuke et d'Itachi. C'était la raison pour laquelle Sasuke avait demandé à son grand frère s'il comptait, lui aussi, y travailler à l'avenir.

— Je ne sais pas encore… avait répondu Itachi de façon évasive.

À cet âge, Sasuke ignorait que le département de Police était également un organisme destiné à encadrer le clan Uchiwa et qu'Itachi avait reçu une proposition pour intégrer la section Anbu. Il avait donné son avis en toute innocence.

— Tu devrais y entrer ! Car, quand je serai grand, je travaillerai aussi au département de Police !!

Cependant, Itachi avait répondu à son petit frère, qui exprimait son rêve avec naïveté :

— D'accord…

Itachi avait une vision large et lointaine qui dépassait de beaucoup le cadre de Konoha. Toutefois, si ce jour-là il avait répondu de la sorte, n'était-ce pas parce que cela lui avait plu de rêver d'intégrer avec son jeune frère le département de Police de Konoha et de mener des missions ensemble ?

Sasuke éprouvait encore aujourd'hui un sentiment complexe par rapport au fait qu'Itachi avait dû être sacrifié pour le clan Uchiwa et le village de Konoha. D'ailleurs, pendant un temps, son objectif avait été de réhabiliter l'honneur d'Itachi aux yeux de tous.

Cependant, Itachi ne l'aurait pas souhaité.

Lorsque Itachi était ressuscité par la technique de la Réincarnation des âmes, au moment de quitter Sasuke, il lui avait dit en lui tenant la tête par l'arrière, front contre front et yeux dans les yeux :

— Sache que, quoi qu'il advienne, je t'aimerai toujours.

La dernière chose qu'Itachi voulait laisser en ce monde n'était ni de la rancœur ni de la haine, mais l'amour qu'il portait pour son jeune frère. Alors, il n'avait sûrement rien à faire de recouvrer son honneur.

Cependant, Naruto raconta autour de lui qu'Itachi, ressuscité par la technique de la Réincarnation des âmes, l'avait vraiment aidé à sauver le monde. Naruto était probablement au courant du coup d'État fomenté par le clan Uchiwa, mais il ne l'évoquait pas. Il se contentait de citer Itachi comme faisant partie des *shinobis* qui l'avaient beaucoup aidé pendant la Grande Guerre.

Il était difficile d'imaginer que l'entourage de Naruto accepte facilement cette information. Cependant, personne ne doutait de sa parole.

Qu'Itachi souhaite ou non recouvrer son honneur, un jour, dans l'esprit des habitants de Konoha, germerait peut-être l'idée qu'il avait eu des raisons d'agir ainsi.

— Au fait, mon petit Sasuke… Rentres-tu de temps à temps à Konoha ? demanda Chino peut-être pour tromper l'ennui.

Sasuke pensait à Konoha au même moment. Il fut un peu troublé par cette coïncidence.

— …

— Haha ! Tu ne veux pas me répondre ? Tu dois reconstruire le clan Uchiwa, non ? Je crois que tu es le seul survivant.

— …

— Allô ? Allô ? Tu m'entends ?

— Arrête, Chino, somma Nowaki, qui était resté silencieux jusqu'à présent.

— De quel côté es-tu ? l'interrogea Chino d'une voix tonitruante qui résonnait dans les tympans.

Sasuke baissa lentement son regard.

Il ressentait à la fois de l'amour et de la haine vis-à-vis de Konoha. Le moment était peut-être venu de décider comment se positionner par rapport à son village.

Le village où avait vécu la fille d'Iô se trouvait à trois heures de marche du village des Bambous.

— C'est horrible… ne put s'empêcher de murmurer Chino en arrivant.

Les maisons étaient détruites. Les murs, qui tenaient encore debout, étaient tachés de sang qui avait noirci avec le temps. Sasuke, Chino et Nowaki entrèrent dans une maison en passant par un énorme trou dans un mur. L'intérieur aussi avait été violemment saccagé. Les objets de valeur avaient sûrement été volés.

— …

Sasuke découvrit à ses pieds une peluche maculée de sang séché. Un cadre photo était également tombé par terre. Sur la photo, une fillette souriante entourée de sa famille tenait la peluche dans les mains.

— Les villages de *shinobis* alentour n'ont pris aucune mesure ? s'enquit Sasuke.

— Si, le village des Sources Chaudes en a pris. Mais le niveau de leurs *shinobis* est loin d'être bon, répondit Nowaki.

Il poussa un soupir avant de poursuivre :

— Le village caché du Gel n'est pas très loin non plus. Mais, dans cette affaire, leurs *shinobis* ne veulent pas intervenir. Même s'ils voulaient demander de l'aide aux Cinq Grands Pays, la route serait dangereuse pour des *shinobis* qui ne maîtrisent pas correctement le *ninjutsu*... Aujourd'hui, les habitants du coin craignent tellement la bande Anrai qu'ils hésitent à sortir de leur village.

— C'est sûrement pour cela qu'ils n'avaient pas d'autre choix que de nous supplier de les aider, nous, des voyageurs qui passions par là, précisa Chino.

N'existait-il pas une main secourable quand on était confronté à toutes ces difficultés ? C'était comme si le monde démontrait toute son absurdité.

— Konoha est un grand village. Alors, le gîte et le couvert doivent être garantis, mais il y a pas mal de choses absurdes comme celle-ci, constata Chino.

Elle regarda les traces de sang présentes même au plafond et continua :

— Sinon, dans les villages connus, il y a le village caché de la Pluie, non ? Ce dernier est entouré des Pays du Feu, du Vent et de la Terre. Dès que les Grands Pays s'affrontent, il est systématiquement mêlé à leur guerre. De toute façon, à toutes les époques et dans tous les pays, les premières victimes de la guerre sont les enfants.

Chino ramassa le cadre photo et la peluche et les posa sur la commode.

Sasuke, Chino et Nowaki devaient capturer les membres de la bande Anrai au plus vite. Sans cela, ce genre de tragédie risquait de se répéter. Ils devaient collecter des informations pour les retrouver.

— Pourquoi a-t-il parlé de la « bande déchue des Anrai » ? demanda Sasuke.

— Hm ?

Chino sembla surprise.

— C'est ce qu'a lâché Iô, hier. Qu'est-ce qu'il entendait par « bande déchue » ?

— Oh ! C'est sûrement parce qu'autrefois la bande Anrai était composée de justiciers voleurs.

— Des justiciers voleurs ?

— Ouais ! Ils attaquaient les méchants, leur extorquaient leur argent et le distribuaient aux pauvres. À l'époque, ils formaient la bande Raikô.

— Depuis qu'ils ont changé de nom et qu'ils sont devenus la bande Anrai, ils n'ont cessé de commettre des exactions.

Dans ce cas, au départ, avaient-ils été du côté des pauvres ?

Il était difficile de concevoir que l'on puisse soudain basculer dans une attitude diamétralement opposée. Cependant, Sasuke savait qu'un instant suffisait pour plonger dans les ténèbres.

Quel que soit ce qu'on avait accumulé, un seul évènement pouvait complètement renverser notre vision du monde. Alors, l'amour se changeait en haine, les sentiments en malédiction, et les liens en solitude.

Le clan Uchiwa était plein d'empathie et d'amour à l'origine. C'était justement pour cette raison que la haine avait pu prendre une grande part quand l'amour avait disparu. Tobirama Senju, le deuxième Hokage, avait expliqué les choses ainsi. Ses propos avaient été confirmés par le mode de vie de Sasuke qui avait choisi la solitude et qui avait grandi en utilisant la haine comme levier. Pour l'instant, Sasuke était parvenu à quitter les ténèbres. Mais un jour, il pouvait y retourner. Dans son corps sommeillait une violente impulsion capable de balayer la raison. Pour éviter de commettre la même erreur, Sasuke avait besoin de se retrouver seul pour se confronter à lui-même.

Il ne l'avouerait jamais, mais il ne pouvait pas trahir la confiance de son ami. Il n'en avait pas envie.

Alors, il devait être capable de maîtriser le sang des Uchiwa. Dès lors que l'on nouait des liens, on expérimentait forcément un jour la séparation et la perte de l'amour.

Naruto avait promis à Sasuke que, s'il faisait de nouveau fausse route, il le remettrait encore sur le droit chemin. Mais s'il y avait une prochaine fois, Sasuke voulait pouvoir se débrouiller seul.

« Au fait, mon petit Sasuke… Rentres-tu de temps à temps à Konoha ? »

Plusieurs raisons le motivaient à ne pas rentrer au village. Il craignait peut-être de nouer des liens trop étroits avec les autres.

— Qu'est-ce qu'on fait, maintenant ? On fouille davantage les environs ?

De nouveau, Sasuke balaya du regard le village dévasté.

D'après ce que lui avait raconté Iô, Sasuke avait compris que la bande Anrai n'épargnait ni les femmes ni les enfants. Tout de même, elle semblait avoir fait preuve d'une grande cruauté face à des personnes faibles et sans défense. C'était à se demander si la bande Anrai avait une raison particulière de haïr ce village.

Iô avait sûrement découvert le pauvre cadavre déchiqueté de sa fille dans cet endroit. Quand on avait vu une telle chose, le sentiment de vengeance était peut-être inévitable.

— …

Pendant que Sasuke réfléchissait à cela, Chino s'assit soudain par terre. Elle posa son oreille contre le sol et ferma les yeux.

— Qu'y a-t-il ? se renseigna Sasuke.

— J'ai eu l'impression que ça bougeait, affirma Chino.

— Qu'est-ce qui bougeait ?

— L'eau en sous-sol.

Tout en gardant son oreille collée au sol, Chino forma un sceau. Nowaki posa un doigt devant sa bouche pour inviter Sasuke à garder le silence.

Un chakra enveloppa le corps de Chino et s'enfonça dans la terre.

— Ça y est, je suis reliée. J'avais raison. Ça bouge. Quelque chose approche du village des Bambous.

Était-elle un *shinobi* de type sensoriel ? Karin, du groupe Taka, était également douée pour la détection. Elle pouvait ressentir la nature d'un chakra ou sa modification qui était imperceptible pour Sasuke. Alors, il ne serait pas étonnant qu'il existe un autre *shinobi,* tel que Chino, capable de détecter le chakra à distance.

— Est-ce la bande Anrai ? demanda Sasuke.

— C'est possible, admit Chino en se relevant et en regardant Sasuke.

— On y retourne…

Sasuke foula vigoureusement la terre sous ses pieds et traversa le village en un éclair. Il passa par-dessus les racines des arbres, bondit de branche en branche et augmenta de plus en plus sa vitesse. Chino et Nowaki s'efforçaient de le suivre. Il avait fallu trois heures pour se rendre du village des Bambous jusqu'à celui où avait vécu la fille d'Iô. À l'aller, Sasuke avait pris le temps d'observer les environs pour mener son enquête.

Mais maintenant, il avançait aussi vite qu'une tornade. Il réduisit rapidement la distance qui le séparait du village des Bambous. Au moment où Sasuke et les deux autres s'apprêtaient à entrer dans le bois de bambous situé après la forêt, ils entendirent une grande détonation.

— Mon petit Sasuke ! Ça sent le roussi !

Cette odeur parvenait du village des Bambous. Il n'y avait pas de doute. Il s'y passait quelque chose.

Sasuke courut encore plus vite, passant sur les feuilles de bambou qui recouvraient le sol.

— Nooon ! Au secours !

Sasuke, Chino et Nowaki entendirent une femme crier.

La jeune femme avait quitté le village et courait dans leur direction. Derrière elle, des hommes la poursuivaient tout en affichant un sourire vulgaire.

— Sasuke ! C'est la bande Anrai ! affirma Nowaki.

Chacun de ces hommes brandissait un sabre, prêt à l'abattre sur la femme.

— Haha ! On va tous vous exterminer ! scandaient-ils.

— Hiiii !

Sasuke sortit un *kunaï* et le lança dans un mouvement fluide.

— Quoi ?! s'écria un des hommes.

Le *kunaï* avait repoussé, au dernier moment, le sabre qui allait trancher le cou de la jeune femme.

— Qu... Qu'est-ce que tu veux ? interrogea un autre homme.

Les ennemis étaient au nombre de trois. Sans prendre le temps de répondre à la question, Sasuke sortit trois nouveaux *kunaï* et les lança en direction de la femme.

— Hiiiii !

— Attention ! s'écria Chino par réflexe.

Les *kunaï* frôlèrent le corps de la jeune femme et se plantèrent sur les hommes situés juste derrière elle.

— Aaargh !

Sasuke sauta par-dessus la tête de la jeune femme et atterrit à proximité d'un des hommes.

Il avait reçu un *kunaï* et était étendu sur le dos. Sasuke ferma les yeux et y concentra toute sa force. En se soulevant, ses paupières dévoilèrent un œil rouge avec trois points *tomœ*. C'était le *sharingan*.

— Hiiii… Ah… Agh…

Sasuke le maîtrisait par une technique de *genjutsu*. L'homme se mit à faire des bulles avec sa bouche et tomba à la renverse. Il ne bougerait plus pendant un moment.

— C'est Sasuke… Sasuke avec son *sharingan* ! On doit prévenir Karyû !

Un homme ôta le *kunaï* planté dans son corps et se releva. Sasuke fit une roulade sur le sol recouvert de feuilles de bambou. Il s'accroupit au pied de l'homme, prit appui avec sa main droite sur le sol et releva d'un seul coup la partie inférieure de son corps. Le talon de sa jambe gauche se plaça sous le menton de l'homme. Sasuke lui donna un coup. Sous le choc, l'homme subit un traumatisme crânien et ses yeux se révulsèrent. Il perdit connaissance. Deux adversaires étaient éliminés.

— Hiii…

Le dernier homme poussa un cri pitoyable et tenta de fuir. Sasuke dégaina son sabre et y versa du chakra. Dès lors, son sabre émit de petites décharges électriques. Il le planta dans le dos de l'homme qui courait.

Krzzzzzzzz !

Une décharge électrique traversa le corps de l'homme. Ce dernier tomba à la renverse sous le choc. Sasuke avait vaincu les trois hommes qui poursuivaient la jeune femme.

— Tu es terrible, commenta Chino.

— Tu les as tués en un rien de temps... ajouta Nowaki.

— Je ne les ai pas tués, précisa Sasuke.

Il enleva les émanations électriques de son sabre avant de le ranger dans son fourreau. Il regarda autour de lui. D'autres habitants s'étaient également enfuis. Les hommes de la bande Anrai étaient en train de les pourchasser. Il voulut les secourir, mais une nouvelle détonation résonna en provenance du village.

— Mon petit Sasuke ! Nowaki et moi, on se charge de protéger les villageois qui ont réussi à fuir. Toi, va au village !! conseilla Chino, qui s'était mise à courir.

Elle avait sûrement détecté un ennemi.

Nowaki dégaina également son sabre de chakra et partit à la suite de Chino. Sasuke confia les villageois en fuite aux deux autres et se rendit au village au plus vite.

Après le bois de bambous, Sasuke arriva au village. Il vit des habitants assis par terre qui ne pouvaient plus bouger. Apparemment, ils étaient blessés aux jambes et ne pouvaient pas marcher. La bande Anrai comptait-elle prendre le temps de les torturer après les avoir immobilisés ?

— C'est donc lui… dit Sasuke.

Au centre du village, un homme se tenait debout, une balle dans chaque main. Il avait tout l'air d'être le chef de la bande.

— Karyû ! Tu as fini par venir dans notre village !

Face à lui, il y avait Iô. Il était blessé à divers endroits, et du sang coulait de son front. Il n'était armé que d'une lance en bambou. Iô la tenait bien fort dans ses mains. Tout à coup, il fonça vers Karyû.

— Tu ne crois quand même pas me faire quelque chose avec ça ? se moqua Karyû en lançant une balle vers Iô.

Quand la balle atteignit l'abdomen d'Iô, elle éclata. Iô fut propulsé dans les airs et se heurta contre le mur de sa maison situé juste derrière lui.

— Pouah !

Iô cracha une grande quantité de sang.

— Bon ! Je m'occupe de la tête, maintenant ?

Karyû lança l'autre balle en visant la tête d'Iô pour l'achever. Iô était assis par terre. Le mur l'empêchait de tomber. Il ne pouvait plus bouger.

On entendit de nouveau un bruit de destruction. Quand la poussière se dissipa, un trou était apparu dans le mur de la maison.

Cependant, il n'y avait nulle trace d'Iô.

— Pe... Petit... s'exprima péniblement Iô.

— ...

Sasuke avait saisi, in extremis, Iô par ses vêtements et il avait réussi à le dégager de là.

— Hm ? Quoi ?!

Karyû cligna plusieurs fois des yeux en voyant Sasuke. Puis il afficha une expression de joie.

— Je ne croyais vraiment pas te rencontrer un jour, Sasuke !

Karyû semblait vraiment heureux.

— Sasuke Uchiwa ! Je t'admire tant ! Tu t'es mis le monde entier à dos, mais tu n'as pas cédé ! Tu as vengé ton clan ! J'avais tellement envie de te rencontrer ! Tellement envie !

Comme Nowaki l'avait souligné, le chef admirait Sasuke de l'époque sombre. Comme pour exprimer sa joie, il avait ses bras grands ouverts devant lui. Sasuke, qui lui faisait face, regarda Karyû avec une expression pleine d'amertume.

— Quoi ?! Tu es avec Karyû, petit ? demanda Iô en adressant soudain à Sasuke un regard plein de méfiance.

Iô continuait d'appuyer ses mains sur son flanc d'où coulait du sang. Il avait déjà oublié que Sasuke venait de lui sauver la vie.

— Ha ! Tu es vraiment un vieil opportuniste, murmura Karyû en le regardant d'un air dégoûté.

Les deux hommes semblaient se connaître.

— La… La ferme ! Espèce de criminel ! vociféra Iô contre Karyû.

Puis, se tournant vers Sasuke, il déclara :

— Après tout, ça m'est égal, petit ! Voici l'homme que je dois abattre pour venger ma fille ! Il est à l'origine de tout ce mal ! Dépêche-toi de tuer cet homme !

— Qu'est-ce que tu racontes, le vieux ? Sasuke est l'homme que j'admire le plus au monde ! affirma Karyû.

Il avait une lueur inquiétante qui brillait dans les yeux. Il poursuivit :

— Alors, il est évident que c'est moi qui vais le tuer !

Puis il joignit les mains.

— Je vais te dépasser !

Sasuke avait à peine écouté Karyû. Il dégaina son sabre, le chargea d'électricité et visa l'abdomen de son adversaire.

— Hé ! Je ne te laisserai pas faire ! lança Karyû en formant un sceau pour l'affronter.

— *Doton* ! Le Mur de Boue !!

Ce fut alors qu'un mur de boue émergea énergiquement de la terre et se dressa devant lui. De nouveau, Karyû forma un sceau.

— *Yôton !* Le Mur de Gomme !!!

Karyû se cambra et cracha contre le mur la chose qui remontait de l'intérieur de son corps.

— …!

Le sabre de Sasuke heurta le mur, et les décharges électriques se dispersèrent.

— La gomme a une bonne résistance au *Raiton* ! annonça Karyû.

En effet, son mur de terre boueuse était recouvert de gomme. Apparemment, Karyû possédait un pouvoir héréditaire appelé *Yôton* capable de créer une gomme.

Karyû se cacha derrière le mur et pétrit davantage son chakra.

— Le chef va utiliser toute sa puissance ! On s'éloigne ! cria un des membres de la bande Anrai.

Les autres se hâtèrent de quitter le village.

— *Yôton !* Balles de Gomme !

Quand Karyû prononça son incantation, de petites boules de tailles différentes semblables à des œufs d'insectes jaillirent de sa bouche. Elles rebondissaient sur le sol telles de minuscules balles.

— Haah… Bien !

Karyû leva légèrement ses deux mains en l'air. Alors, les balles s'élevèrent au-dessus du sol. À l'inverse, quand il baissa ses mains, les balles retombèrent aussitôt. Puis les balles commencèrent à bouger de façon inquiétante en suivant les mouvements des mains de Karyû.

— J'y vais !

Karyû frappa d'abord à l'aide de son poing une balle qui se trouvait juste à côté de lui. Il fit une rotation sur lui-même et donna un coup de paume sur une autre balle. Ensuite, il envoya un coup de pied dans une troisième balle qui flottait devant lui. Pour finir, il saisit une dernière balle près de lui, puis sauta haut dans les airs et la lança en direction de Sasuke. Les quatre balles foncèrent toutes simultanément vers Sasuke en suivant des trajectoires différentes.

— …

Cependant, il n'était pas compliqué d'anticiper le mouvement de chacune des balles. Sasuke les évita et voulut s'approcher de Karyû.

— C'est maintenant que ça commence !

Karyû qui avait deviné l'intention de Sasuke forma rapidement un sceau.

— Quoi ?

Soudain, le sol sous les pieds de Sasuke se souleva. La terre continua de monter de plus belle. Quand Sasuke fut déséquilibré, une nouvelle balle vola dans sa direction. Sasuke évita la balle en tordant son corps et en faisant un bond en arrière.

— Ça, ce n'est rien du tout ! cria Karyû.

Il utilisait la technique *Doton* pour ériger des murs élevés les uns à la suite des autres. Ses balles rebondissaient sur les murs et dessinaient des trajectoires encore plus complexes. Elles attaquaient Sasuke de toutes parts.

— Tss !

L'une d'elles heurta la cuisse de Sasuke. La balle rebondit avec légèreté, mais l'impact produisit une vive douleur qui se répercuta jusque dans ses os. Pétrie de chakra, la balle était nettement plus puissante.

Ce petit jeu pouvait durer encore longtemps. À l'aide de son *sharingan*, Sasuke tenta de jeter un sort de *genjutsu* à Karyû.

— Vas-y ! Essaie de me viser ! provoqua Karyû.

— Nooon ! Ne faites pas ça !

Karyû avait saisi un villageois, qui avait la jambe cassée et qui ne pouvait donc pas s'enfuir. L'homme posté devant Karyû, tel un bouclier humain, hurlait. Sasuke détourna immédiatement son regard.

— Tss !

Karyû avait visiblement mené beaucoup de recherches sur Sasuke qu'il déclarait admirer. Si Sasuke tentait d'approcher Karyû, les balles l'en empêchaient. S'il avait recours à une technique trop puissante, le villageois blessé serait touché. Cela pouvait même détruire entièrement le village.

Pour limiter les dégâts, les techniques envisageables devenaient très limitées.

— Salaud… Quel ingrat ! ne put s'empêcher de s'écrier Iô.

En entendant ces mots, Karyû arbora un large sourire tout en continuant de tenir le villageois devant lui.

— Tu es mal placé pour me parler d'ingratitude !

— Comment ?!

Karyû lâcha le villageois et le flanqua par terre. Puis il lança un regard noir à Iô. L'air enjoué qu'il avait en se battant disparut. L'espace d'un instant, il afficha un air grave.

— Dès que ça ne vous a plus convenu, vous nous avez abandonnés ! Tu es très mal placé pour me traiter d'ingrat !

— Grr…

Iô n'avait pas raconté cet aspect de l'histoire.

Cependant, pour Sasuke, l'important n'était pas de prêter l'oreille à leur conversation. Les multiples balles ne cessaient de rebondir. Des murs de terre jaillissaient dès qu'il tentait d'approcher Karyû. La gomme *Yôton* protégeait le mur des décharges électriques de la foudre. Sans parler de l'homme que Karyû avait pris en otage…

La pupille de Sasuke, le *sharingan*, bougeait sans répit et mémorisait la situation. À la fin, elle refléta Iô et le bois de bambous.

— …

Sasuke tourna le dos à Karyû.

— Hm ? Hé…

Sasuke ignora Karyû qui lui demanda où il allait. Sasuke entra dans la maison d'Iô par le trou creusé dans le mur détruit.

— C'est ça…

Au moment où Sasuke récupéra ce qu'il cherchait, une balle gigantesque menaça de heurter la maison d'Iô. Sasuke eut juste le temps de s'enfuir et d'envoyer du chakra dans l'objet qu'il tenait dans la main.

— Ha !

Sasuke prit appui sur un mur de terre pour sauter très haut et visa Karyû.

— Haha ! J'ai mon Mur de Gomme ! déclara Karyû.

Il voulut de nouveau se protéger en faisant jaillir un mur protecteur.

— Quoi ?! s'écria-t-il, stupéfait.

La gomme avait éclaté. Le mur de terre devenu apparent s'effondra. Ce ne fut pas tout. Toutes les balles à proximité de Karyû furent détruites en même temps.

— Qu'est-ce que ça signifie ?! Je ne connais pas cette technique ! vociféra Karyû.

Il dirigea ses yeux pleins de surprise en direction du sol. Il remarqua qu'un pic en bambou était planté dans la terre. C'était un de ceux fabriqués par Iô.

— Un pic en bambou ?! Tu as fait éclater ma gomme avec un pic en bambou pétri de chakra ?!

L'extrémité du pic en bambou était très pointue. C'était une feinte.

— Mince !

Au moment où Karyû sentit une présence, il entendit le cri d'un oiseau annonçant sa future défaite.

Sasuke venait de se débarrasser de tous les hommes de la bande Anrai, qui avaient suivi le duel de leur chef, postés à l'extérieur du village, quand Chino et Nowaki arrivèrent au village accompagnés des villageois qui s'étaient enfuis.

Les habitants étaient tous plus ou moins blessés. Par chance, il n'y avait eu aucun mort.

Pour l'instant, les hommes de la bande Anrai étaient attachés et emprisonnés dans un entrepôt situé au bout du village.

— Mon petit Sasuke… je crois qu'ils se sont réveillés ! déclara Chino.

La nuit était tombée.

Sasuke et les autres entrèrent dans l'entrepôt au moment où Karyû reprit connaissance.

— Haha… On est pitoyables, murmura Karyû en constatant que ses hommes et lui étaient attachés.

Il leva son regard vers Sasuke, puis le glissa vers Iô. En voyant le large bandage qu'Iô avait à l'abdomen, Karyû éclata de rire pour se moquer du vieil homme. Iô vit rouge face à cette attitude provocante.

— Je vous avais demandé de l'éliminer ! Que fait-il ligoté ici ?! se plaignit Iô à Sasuke pour lui signifier son désaccord.

Sasuke regarda Karyû de toute sa hauteur et posa une question :

— Tu as dit que vous aviez été abandonnés ? Qu'est-ce que ça signifie ?

« Dès que ça ne vous a plus convenu, vous nous avez abandonnés ! Tu es très mal placé pour me traiter d'ingrat ! »

Karyû avait prononcé ces mots pendant le combat. Sasuke n'était pas au courant de cette histoire.

— Qu'est-ce que ça changera de lui demander ça ? Ils resteront quand même des criminels ! tonna Iô.

— Si tu veux t'agiter, sors d'ici. Je ne peux émettre aucun jugement si je n'ai pas toutes les cartes en main, déclara Sasuke.

En entendant les mots de Sasuke, Iô ravala sa salive.

— Pourquoi tu ne te servirais pas de ton *sharingan* pour le savoir ? proposa Karyû sur un ton moqueur.

En voyant Sasuke fixer Iô en silence, Karyû ricana bêtement et détourna son regard de lui.

— Le *Yôton* est mon pouvoir héréditaire. Je viens du village caché des Nuages. Il paraît qu'aujourd'hui un *shinobi* maniant le *Yôton* a accédé à une fonction importante au village. Mais moi, je suis né dans un petit village à la campagne. Chaque fois qu'il y avait un conflit avec un pays étranger, c'étaient les gars de notre clan qu'on envoyait en première ligne. C'était soi-disant normal qu'on aide le village, puisqu'on possédait un pouvoir particulier. Alors, dans notre clan, on mourait tous jeunes.

Karyû commença à raconter son enfance par bribes.

— « Un jour, le village me tuera aussi. » C'est ce que je me suis dit. Et je me suis enfui. Le village a envoyé des *shinobis* pour me tuer. Je me croyais perdu quand la bande Raikô m'a recueilli.

Il évoquait sûrement l'époque où les membres de la bande Raikô étaient considérés comme des justiciers et des défenseurs des pauvres.

— Le chef de la bande Raikô avait un pouvoir héréditaire. Il avait été aussi opprimé que moi. C'était pour cela qu'il était du côté des plus faibles. Il donnait une correction à ceux qui commettaient de mauvaises actions et distribuait à ceux qui en avaient besoin l'argent qu'il prenait… Il en a donné aussi aux habitants de ce village. Pas vrai ?

Iô serra fermement ses lèvres.

— On était traités en véritables héros. Dès que les villageois nous voyaient, ils nous acclamaient. Ils nous fournissaient le gîte et le couvert. Ça rappelle le bon vieux temps.

À cette époque, Iô et Karyû semblaient avoir eu de bons rapports. Alors, comment une telle tragédie avait-elle pu se produire ? Karyû poursuivit son récit.

— En nous voyant sévir en toute indépendance, sans dépendre d'aucun pays, certains villages de *shinobis* voulurent nous utiliser. Ils nous demandaient d'anéantir les ressources financières des villages *shinobis* rivaux. Ce fut le cas, ce fameux jour. Cela s'est passé quand le précédent Mizukage était en fonction. Le village du Brouillard nous avait donné une mission : attaquer les hauts responsables de leur pays qui extorquaient de l'argent aux pauvres.

Les faits évoqués par Karyû devaient remonter à l'époque où le village était appelé « le village du Brouillard sanglant ». Dans l'esprit de Sasuke ressurgit l'image de Zabuza Momochi, qu'il avait affronté quand il était dans l'Équipe 7. L'homme dégageait une aura meurtrière qui faisait frémir.

— Le village du Brouillard était notre meilleur client. Cependant, au moment où l'on s'apprêtait à attaquer leurs hauts responsables, des *shinobis* du village du Brouillard sont apparus et nous ont encerclés. Tout fringants, ces *shinobis* sont arrivés pour sauver les hauts responsables qui étaient en danger ! Le village du Brouillard nous avait utilisés pour se faire bien voir par les dignitaires.

Karyû expira l'air de sa bouche comme s'il maudissait sa destinée.

— Le village voulait nous éliminer de façon utile. Nous en savions trop. Par la même occasion, ses *shinobis* voulaient se faire bien voir par les hauts responsables. On a réussi à fuir grâce au *tonjutsu* de notre chef, mais beaucoup d'entre nous y sont restés. On a couru jusqu'au village des Bambous. « Laissez-nous nous reposer juste un moment… » On voulait simplement faire une pause. On n'avait pas l'intention de causer du tort au village. On comptait repartir de suite. La réponse de ses habitants ne s'est pas fait attendre. Ils nous ont dit : « Allez ailleurs. »

Sasuke ressentait la froideur glaciale de cette réponse. Cet épisode était amplement suffisant pour plonger quelqu'un dans le désespoir.

— Si on vous avait cachés, on aurait peut-être eu des ennuis ! Comment peux-tu être aussi arrogant ? Vous ne faites que voler de l'argent pour le distribuer ! se défendit Iô.

— Ça rappelle tellement de souvenirs… Je portais sur mon dos un des nôtres qui était à l'agonie. Je vous ai juste demandé un endroit où me reposer un peu. Je vous ai supplié de me permettre d'allonger au moins le blessé. Voilà comment tu nous as reçu ! Les portes du village sont restées fermées. On a marché à travers le bois de bambous pour tenter d'atteindre un autre village. Le blessé que je portais sur mon dos est mort en chemin. Tous les villages nous ont donné la même réponse. Vous n'avez même pas daigné nous donner un verre d'eau ! pesta Karyû dont la haine était désormais visible dans son regard.

En voyant cette lueur dans ses yeux, Iô tressaillit.

Karyû continua son récit :

— Notre chef a dissous la bande Raikô. Chacun s'est enfui de son côté. On n'avait plus aucun rêve, plus aucun espoir. Je craignais les *shinobis* du village du Brouillard qui étaient à nos trousses. J'ai mené une vie misérable en me cachant pendant des années… C'est à ce moment-là que j'ai appris que Sasuke avait attaqué les Cinq Kage.

Karyû plissa les yeux comme s'il essayait de se rappeler clairement ces moments.

— Ça m'a touché de voir que tu vivais libre malgré ton pouvoir héréditaire. J'ai eu envie de devenir comme toi. C'est pour ça que j'ai de nouveau réuni quelques hommes et fondé la bande Anrai. Notre objectif était… la vengeance ! déclara Karyû.

— …

— Au début, on n'était pas nombreux. Mais, après la fin de la IVe Grande Guerre ninja, notre effectif a augmenté. De nombreux *shinobis* avaient perdu leur emploi parce qu'il y avait moins de conflits. Et les *shinobis* qui avaient quitté leur village venaient nous voir aussi. Aujourd'hui, on a suffisamment de forces… Alors, on a mis à exécution notre plan pour nous venger de tous les villages qui nous ont rejetés.

— Mais était-ce une raison pour exterminer tous les villageois ? Parmi les victimes, beaucoup de personnes n'avaient rien à voir avec cette histoire ! Vous avez commis des actes d'une grande cruauté ! s'offusqua Iô.

— Vous vivez heureux… Vous ne ressentez aucune souffrance… Vous souriez bêtement… Rien que ça, ça nous met en rage ! C'est pour ça qu'on a voulu tout détruire ! clama Karyû dont le visage était maintenant très malveillant. C'était amusant de se venger… J'ai adoré quand ta fille m'a supplié en pleurant de lui laisser la vie sauve…

— Espèce de salauuuuud ! Je vais te tuer ! hurla Iô en bondissant sur Karyû.

Nowaki intervint juste à temps pour l'en empêcher.

— N'y avait-il pas d'autres choix possibles ? demanda Nowaki.

Karyû baissa les yeux et expliqua :

— Si je n'avais pas fait ça, ç'aurait été trop insupportable pour moi.

Sasuke observait la scène avec amertume. Il avait l'impression de voir celui qu'il était avant.

Nowaki ramena Iô chez lui à moitié de force. Son énervement ne faisait que monter. Les murs de la maison d'Iô étaient détruits. Mais le toit et le lit étaient encore là. Iô pouvait au moins se reposer.

— …

Sasuke s'éloigna de l'entrepôt et pénétra seul dans le bois de bambous. Il chercha un rocher pour s'asseoir. Puis il sortit un papier à message. Il expliqua brièvement dans une lettre ce qui s'était passé au village des Bambous. Il confia ce message à un faucon qu'il avait invoqué et lui ordonna de le délivrer au village de Konoha.

Sasuke ne pouvait décider seul du sort de la bande Anrai. Il voulait avoir l'avis de Kakashi en tant que Hokage.

À l'origine, Sasuke était passé dans ce village alors qu'il était en chemin pour enquêter sur la disparition en masse de *shinobis*. Désormais, il ne pourrait certainement pas s'éloigner du village avant d'obtenir une réponse de Konoha.

Sasuke leva les yeux au ciel. Entre les feuilles de bambou, il apercevait la lune dont les contours étaient flous.

La haine formait une véritable chaîne. Elle tournait en boucle en prenant la vengeance comme pivot.

— Ce n'est pas simple…

Ces mots lui échappèrent de la bouche.

Sasuke soupira et retourna surveiller la bande Anrai pour éviter qu'une tragédie supplémentaire ne se produise.

2

Le village de Konoha n'était pas tranquille après l'attaque soudaine qu'il venait de subir.

L'objectif de l'ennemi n'était pas clair. Et il était fort probable que des affaires similaires se produiraient dans le futur. La sécurité dans le village avait été renforcée. Une tension particulière était palpable.

Les effets secondaires de la technique de Transposition à laquelle Ino avait eu recours pour sauver Aoba, prisonnier d'un piège *genjutsu*, étaient bien plus importants que prévu. Ino devait être hospitalisée durant plusieurs jours.

Shikamaru et Chôji se rendirent dans la chambre d'hôpital de leur amie d'enfance pour lui rendre visite. Ils lui avaient apporté des fruits.

— Saï ?

— Salut !

Quand ils arrivèrent dans la chambre, ils virent Saï, assis sur une chaise en train de dessiner. Ino dormait dans son lit.

— Toi aussi, tu es venu lui rendre visite ?

Les deux amis regardèrent le carnet de croquis par-dessus l'épaule de Saï. Ils aperçurent une fleur. En jetant un coup d'œil dans la pièce, ils remarquèrent une fleur dans un vase.

— C'est toi qui as apporté ça ? questionna Shikamaru.

— C'est la mère d'Ino, je crois, répondit Saï.

— Ah… D'accord… Bien sûr, bredouilla Shikamaru. Ce n'est pas ton genre d'offrir des fleurs.

Tout en marmonnant cela, Shikamaru déposa les fruits sur l'étagère. Son regard se posa sur la poubelle juste à côté.

— …

— On ne mange pas les fruits, Shikamaru ? proposa Chôji.

— Non. Ino dort. Tu dois te retenir, expliqua Shikamaru.

— Quoi ?! rétorqua Chôji, visiblement déçu, tout en laissant tomber ses épaules.

Il sortit une banane de sa poche et se mit à la manger. Apparemment, il avait également acheté des fruits pour lui. Il avait, lui aussi, utilisé une technique secrète lors des affrontements. Il avait consommé énormément de graisse et de chakra. Il était compréhensible qu'il ait besoin de reprendre les calories perdues.

— Mais c'est lourd… Ce genre d'attaque ne se limite pas à Konoha. Cela s'est également produit dans le village du Brouillard et dans le village caché des Nuages, déclara Shikamaru en s'asseyant sur une chaise.

La nuit où des *shinobis* manipulés par un sort de *genjutsu* étaient apparus à Konoha, des affrontements similaires avaient eu lieu à Kiri et à Kumo.

Les *shinobis* qui avaient été attaqués étaient issus soit du village du Brouillard soit du village caché des Nuages. Beaucoup d'entre eux avaient explosé.

Du fait qu'on avait pu prévenir les autres villages, on avait quand même réussi à limiter les dégâts.

Cela avait été possible grâce au partage de l'information via une messagerie électronique. De nombreux *shinobis* étaient encore réticents face à la numérisation. Toutefois, une information qui nécessitait auparavant plusieurs jours pour être transmise pouvait désormais être délivrée instantanément.

— On se demande si les *shinobis* manipulés n'étaient pas les personnes portées disparues.

— Ils ne peuvent encore rien affirmer. Mais les *shinobis* des villages de Kiri et de Kumo vont nous envoyer de nouveaux dossiers. Cela fera sûrement avancer également l'enquête à Konoha.

En ce qui concernait les *shinobis* de Konoha, dont Tadaichi faisait partie, les vérifications avaient été effectuées. Mais ce n'était pas le cas pour les *shinobis* des autres villages.

— Ils sont toujours sous l'emprise du sort de *genjutsu,* pas vrai ? s'informa Chôji en entamant sa deuxième banane.

Comme les personnes qui subissaient le sort de *genjutsu* risquaient d'exploser, elles avaient été mises en quarantaine dans un établissement un peu à l'écart de Konoha.

Des soins leur étaient prodigués sous la direction de Sakura. Elle était toujours en pleine réflexion à propos de cet étrange chakra qui circulait à travers leurs corps.

Les *shinobis* du clan Nara et du clan Hyûga restaient sur place pour pouvoir réagir en cas de besoin. Shikamaru y avait été jusqu'à il y a peu.

— Sakura a dit qu'elle était sur le point de trouver une piste... Mais on ne devrait pas parler de ça dans la chambre d'une malade hospitalisée, conclut Shikamaru.

Pour le moment, Ino avait besoin de repos. Il ne fallait pas faire de bruit ni la déranger. Shikamaru se leva et regarda Saï, qui n'avait pas pris part à la conversation et qui continuait à dessiner sa fleur.

— Et toi, Saï ? Que comptes-tu faire ? s'enquit Shikamaru.

— Je n'ai rien de prévu. Alors, je partirai quand j'aurai réussi à réaliser un dessin satisfaisant, affirma Saï en souriant.

Il était venu rendre visite à une malade, mais il faisait des croquis dans sa chambre. Puis il affirmait qu'il partirait seulement quand il aurait réalisé un beau dessin. Même si c'était décousu, Shikamaru saisit le sens de ses paroles et regarda la poubelle. Plusieurs dessins, qui n'étaient pas terminés, avaient été jetés.

Une fois sorti de la chambre de la malade, tout en avançant dans le couloir, Shikamaru murmura :

— On ne peut jamais savoir…

— Qu'est-ce qu'on ne peut jamais savoir ? sonda Chôji.

— Euh… Non… Comment dire…? balbutia Shikamaru.

Au début de leur rencontre, Saï affichait un sourire sans émotion. Depuis, il y avait eu en lui une réelle transformation. On ne savait jamais ce qui pouvait arriver dans la vie…

Shikamaru ne disait pas clairement les choses.

Chôji lui sourit et insinua :

— On peut en dire autant de toi, Shikamaru.

— Comment ça « on peut en dire autant » ? De quoi parles-tu ?

— Eh bien… Tu semblais te moquer de la fleur, mais…

— Non, laisse tomber…

Shikamaru empêcha Chôji de terminer la phrase qu'il avait commencée, et ils quittèrent l'hôpital. Shikamaru plissa les yeux face à la lumière éblouissante des rayons du soleil. Ce fut alors qu'un faucon passa dans son champ de vision.

— …

Shikamaru pensait à Sakura, qui soignait les patients sans relâche sans même prendre le temps de dormir.

« Je me demande ce que comptent faire les deux autres… »

Shikamaru s'était soudain souvenu que Sakura avait eu les larmes aux yeux quand Danzô avait donné l'autorisation de tuer Sasuke, qui était un ninja déserteur.

— Après tout, ça ne me regarde pas… marmonna Shikamaru.

— Shikamaru ? prononça Chôji d'un air interrogateur.

— Hein ? Non… Ce n'est rien.

Le premier à remarquer le faucon, qui était arrivé directement dans le bureau du Hokage, fut Naruto. Il venait de prendre entre les mains les nouveaux dossiers reçus par le village du Brouillard et le village caché des Nuages.

— Maître Kakashi ! C'est le faucon de Sasuke ! déclara Naruto en s'approchant de la fenêtre et en laissant entrer l'oiseau.

— Oh ! Un message de Sasuke. Ça tombe bien, lâcha Kakashi.

Depuis l'attaque du village de Konoha, Kakashi avait été très occupé à gérer les affaires internes, mais aussi à échanger avec les autres villages. Il se disait qu'il devait également contacter Sasuke.

Il prit le message accroché au faucon.

— Que dit Sasuke ? interrogea Naruto.

— Il a capturé un groupe de voleurs, la « bande Anrai », qui attaquait un village au Pays des Sources Chaudes. Il paraît que leur chef possède un pouvoir héréditaire…

Sasuke précisait qu'il demandait l'avis du Hokage, car les faits se déroulaient au Pays des Sources Chaudes. L'affaire était délicate. Devait-il laisser le village des Sources Chaudes régler cette affaire ou la faire suivre par Konoha ?

— Il va falloir aussi contacter le Pays des Sources Chaudes… signifia Kakashi en imaginant les étapes à suivre dans sa tête.

— Son style épistolaire est toujours aussi lapidaire, constata Naruto.

Naruto sourit d'un air malicieux. Il avait l'air content. Se réjouissait-il des prouesses de Sasuke ?

— Allez ! Je ne peux pas être en reste ! se stimula-t-il.

Ce message semblait avoir motivé Naruto qui voyait sûrement en Sasuke un éternel rival. Naruto saisit les nouveaux dossiers et les feuilleta. Il y avait la photo de chaque *shinobi* enlevé dans cette affaire.

Autrefois, les informations de ce genre ne seraient jamais parvenues jusqu'à Konoha. Chaque village aurait dissimulé l'affaire et aurait tout fait pour éviter une fuite d'informations dans les autres villages. C'était parce que les Cinq Grands Pays avaient cessé d'être en conflit que la coopération avait été rendue possible. Kakashi se rassit dans son fauteuil et s'apprêta à écrire une lettre au Pays des Sources Chaudes.

Ce fut alors que Naruto prit un air dubitatif en penchant la tête sur le côté.

— Qu'y a-t-il, Naruto ? se renseigna Kakashi.

— Il y a un homme qui ne figure pas dans les dossiers.

— Comment ça ? Il ne figure pas dans les dossiers ?

— Parmi les *shinobis* manipulés par le *genjutsu*, il y en a un qui ne figure pas parmi les disparus.

Naruto venait à peine de parcourir les dossiers, mais il affirmait ce fait avec conviction. Il était plutôt approximatif en général. Cependant, par moments, il faisait preuve d'intelligence et de finesse. Il trouvait souvent des pistes qui menaient à la résolution des problèmes.

— Naruto ! Peux-tu aller vérifier ça sur place ?

Dès que Naruto entendit les paroles de Kakashi, il s'écria en bondissant par la fenêtre restée ouverte :

— Ça marche !

Du matériel médical avait été transporté dans l'entrepôt situé un peu à l'écart du village. Les ninjas médicaux se relayaient 24 heures sur 24.

— Naruto…?

Dès que Naruto pénétra à l'intérieur du bâtiment, Sakura l'aperçut immédiatement. Elle continuait de prodiguer les soins. La fatigue se lisait sur son visage. Elle avait des vies entre les mains. Si elle commettait la moindre erreur, c'était l'explosion. De nombreuses victimes seraient à déplorer. Elle ne pouvait pas se permettre le moindre relâchement.

À côté de Sakura, Naruto reconnut une personne qui lui était très proche.

— Naruto ! s'exclama Hinata.

— Hinata ! C'est vrai que tu es de surveillance aujourd'hui, se souvint Naruto.

— Oui, il y a de cela aussi… déclara-t-elle en jetant un coup d'œil à Sakura.

— En fait, on est en train de tester une chose. J'avais besoin du pouvoir du *byakugan*. Qu'est-ce qui t'amène ici, Naruto ? s'informa Sakura.

— J'ai parcouru les dossiers des disparus et…

Naruto leur parla du *shinobi* dont il n'y avait nulle trace dans les dossiers.

— Je vois…. De quel *shinobi* s'agit-il ? interrogea Sakura en regardant le grand espace cloisonné qui formait de multiples pièces.

— Euh…

Naruto regarda chaque *shinobi* dans les différentes pièces alentour pour pouvoir répondre. Il finit par déclarer :

— C'est lui.

L'homme qu'il désignait devait avoir entre 20 et 25 ans. Il était placé dans une pièce à l'écart des autres *shinobis*. En entendant la réponse de Naruto, Sakura changea immédiatement d'expression.

— Qu'y a-t-il ? s'inquiéta Naruto.

— En comparaison des autres, cet homme avait moins de chakra étrange dans le corps. Alors, on était en train d'essayer de le lui enlever complètement. On était sur le point d'y parvenir.

Sakura expliqua qu'elle demandait à Hinata de localiser précisément le chakra étrange dans le corps de l'homme. Puis, grâce à une technique de *ninjutsu* médical, elle ôtait le chakra sans blesser l'individu.

— C'est étrange qu'il soit le seul à ne pas figurer dans les dossiers... Peut-être a-t-il un lien avec l'instigateur de l'affaire ?

Tout en écoutant Sakura, Hinata fixait le corps de l'homme.

— Vu sous cet angle, on comprend mieux pourquoi il est le seul à avoir peu de chakra étrange dans son corps... Il était le seul que l'instigateur n'ait pas eu besoin de manipuler.

Sakura expira profondément comme si elle tentait de retrouver son calme et elle regarda l'homme en question.

— Je vais poursuivre mes soins.

— Bien sûr, acquiesça Naruto.

C'était le devoir de Sakura en tant que médecin ninja. Si elle réussissait, elle pourrait également sauver les autres *shinobis*. Elle retourna à sa tâche.

Après avoir informé Kakashi de ces faits, Naruto revint à l'entrepôt pour veiller sur la continuation des soins. Des gouttes de sueur perlaient sur le front de Sakura et de Hinata.

— C'est le dernier… C'est à l'artère supérieure du poignet… affirma Hinata.

— J'ai compris, déclara Sakura qui attendait les indications de Hinata, qui suivait le courant du chakra.

Sakura avait déjà ses mains posées sur le coude de l'homme. Au signal, elle serra le coude de toutes ses forces. Son chakra entra dans le corps de l'homme et parvint jusqu'à l'artère en question pour saisir le chakra étranger qui posait problème.

— Hm…

Sakura le fit disparaître avec une grande prudence pour éviter de blesser l'homme. Elle se tourna vers Hinata pour la convier à vérifier si tout s'était bien passé. Hinata regarda au travers du corps de l'homme de la tête aux pieds, puis hocha énergiquement la tête. Elles avaient réussi à retirer la totalité du chakra étrange qui circulait dans le corps de cet homme.

— Vous avez fait du très bon boulot, toutes les deux ! les félicita Naruto.

Sakura afficha un sourire radieux, et Hinata sourit timidement.

— On fait quoi, maintenant ? Maître Kakashi t'a donné d'autres directives ? se renseigna Sakura en épongeant la sueur sur son visage.

Naruto leur demanda d'attendre un instant et il quitta la pièce.

— Hé ! Ça a marché ! s'écria-t-il pour prévenir les autres.

À cet instant, Aoba, qui s'était évanoui quand il était tombé dans un piège de *genjutsu*, entra dans la pièce et croisa Naruto. Il s'était visiblement remis de sa mésaventure.

— Ça va mieux, Aoba ? demanda Sakura.

— Oui, ça va, rassura-t-il en repositionnant ses lunettes de soleil sur son nez.

— Que fais-tu ici ? poursuivit Sakura.

— J'ai sollicité le Hokage pour avoir une deuxième chance.

— Une deuxième chance ? Tu veux découvrir de nouvelles informations ?

— Oui, c'est ça.

Aoba ne pouvait peut-être pas renoncer comme ça.

— Eh bien… On a ôté la totalité du chakra étrange qui circulait dans le corps de cet homme. Toutefois, il reste peut-être encore d'autres pièges de *genjutsu*, expliqua Hinata.

En voyant son expression pleine d'inquiétude, Aoba la rassura.

— Tout va bien se passer. J'ai déjà expérimenté ses pièges. Je reconnaîtrais les signes de leur déclenchement. Si je sens le moindre danger, je sortirai immédiatement.

Il éprouvait quand même une appréhension mais, grâce à cette expérience, il se disait que, cette fois, ça se passerait sûrement mieux. De plus, il était urgent d'en savoir davantage sur cet homme qui ne figurait pas dans les dossiers et de connaître son implication dans cette affaire.

— Bon ! J'y vais, annonça Aoba en allongeant sa main vers le front de l'homme.

Il plongea dans son inconscient.

— Bien…

Une fois à l'intérieur, il ouvrit les yeux et découvrit un énorme cerveau devant lui. Aoba jeta un coup d'œil aux alentours. Il n'y avait point de mer de couleur rouge.

— Cette fois, c'est la bonne.

Il plongea sa main dans le cerveau sans relâcher sa vigilance.

Il commença à voir un paysage. Il faisait nuit. L'homme se tenait debout sur un rocher où venaient s'échouer les vagues. Pendant un moment, Aoba resta très méfiant. Mais il s'agissait d'une mer calme et ordinaire.

Un jeune homme mince se tenait debout devant l'homme qui le qualifia de « chef ». Mais le jeune homme ne se retourna pas.

— Le temps a passé depuis que vous avez dissous la bande Raikô, murmura l'homme comme s'il parlait à lui-même. Il paraît que Karyû a créé un nouveau groupe nommé « bande Anrai » et qu'il se déchaîne. Il a probablement tourné sa haine contre les villageois… Au final, on est incapable de vivre normalement…

Le bruit du va-et-vient des vagues se répétait. L'homme semblait dépité.

— J'aimerais quitter ce monde au plus vite ! Mais je ne peux pas mourir avant de m'être vengé de ces *shinobis* ! déclara-t-il.

Ses poings, qui étaient serrés, tremblaient. Les *shinobis* du village du Brouillard et du village caché des Nuages n'auraient jamais dit une chose pareille. Cela ne faisait pas de doute. Cet homme faisait partie des coupables de cette affaire.

— Amuda…

Pour la première fois, le jeune « chef » ouvrit la bouche. « Amuda » était sûrement le nom du propriétaire de ces souvenirs.

— Acceptes-tu de mourir pour le projet ? demanda le chef.

Amuda acquiesça énergiquement.

— Oui, bien sûr ! À la fin, je tirerai un énorme feu d'artifice !

En entendant ces paroles, le chef se retourna lentement.

— Amuda. Ta mort ne sera pas vaine…

Ce jeune était l'instigateur de cette affaire. Aoba en avait désormais la certitude. Il plissa les yeux pour mieux regarder son visage.

— …?!

Soudain, la mer bleue qui s'étendait devant lui changea de couleur. Ce n'était d'ailleurs pas seulement la mer qui prenait une autre tonalité. Le ciel, les arbres… Tout se teintait de rouge.

— Zut !

Aoba se hâta de sortir de la conscience de l'homme.

— Aoba ! s'écria Sakura.

— Est-ce que ça va ? se soucia Hinata.

Sakura et Hinata accoururent auprès d'Aoba, qui avait retiré sa main du front du dénommé Amuda. Il avait eu un mouvement de recul comme s'il avait voulu s'éloigner de lui au plus vite.

— Il y avait encore un piège de *genjutsu*… Si on veut en savoir davantage, il faudra plus de temps et de travail… Mais, cette fois, j'ai obtenu des informations.

— Vraiment ? Sais-tu qui est l'ennemi ?! s'enquit Sakura.

Aoba reprit son souffle.

— Cet homme s'appelle Amuda. Il veut se venger des *shinobis*, annonça-t-il.

— Se venger des *shinobis* ? répéta Sakura.

— Oui.

Était-ce pour cela que l'homme avait attaqué le village de Konoha ?

— J'ai vu aussi son chef. Autrefois, ils appartenaient tous deux à la bande Raikô.

— La bande Raikô… On en saura certainement plus si on effectue des recherches sur elle, commenta Sakura.

Aoba continua son récit.

— D'autres membres ayant appartenu à la bande Raikô ont monté un autre groupe nommé « bande Anrai ». Ils mèneraient des actions de leur côté.

— La bande Anrai ?! s'écria Naruto par réflexe.

— Quoi ? Tu la connais, interrogea Sakura.

— Non… Je ne la connais pas.

— Bah, alors !! Tu nous as donné de faux espoirs ! fustigea-t-elle tout en laissant apparaître une veine sur ses tempes et en levant son poing en l'air.

— Mais ce nom me dit quelque chose…

Naruto appuya son index sur son front et le fit tourner pour essayer de s'en souvenir.

— Naruto… Peut-être as-tu entendu quelqu'un parler de la bande Anrai… osa suggérer Hinata sur un ton craintif.

Ces mots firent rejaillir un souvenir dans la mémoire de Naruto.

— C'est Sasuke ! annonça Naruto.

— Quoi ?! Que vient faire Sasuke là-dedans ? s'étonna Sakura.

— Sasuke en a parlé dans sa lettre ! Un faucon a apporté un message de Sasuke à Maître Kakashi. Sasuke a capturé un groupe de voleurs nommé « bande Anrai ».

3

De nombreux habitants du village des Bambous avaient été blessés lors de l'attaque de la bande Anrai. Certains avaient perdu leur maison. Les personnes valides avançaient dans les travaux de reconstruction. Ils colmataient les trous dans les murs provoqués par Karyû avec du bambou qui poussait à foison aux alentours. Ces villageois avaient frôlé la mort. Ils semblaient reconnaissants d'être encore en vie. Quant à Iô, il restait cloîtré chez lui et ne voulait plus sortir.

— Tu as l'air préoccupé. Ça va ? demanda Chino à Sasuke.

Il était venu vérifier l'entrepôt dans lequel la bande Anrai était retenue prisonnière. La nuit était tombée, et les villageois se reposaient.

Chino et Nowaki étaient restés au village, mêlés à cette affaire malgré eux. Ils aidaient à la reconstruction.

— …

— Tu m'ignores encore, constata Chino.

Après avoir secoué sa tête sur les côtés comme pour exprimer son désaccord, elle lança soudain quelque chose en direction de Sasuke. Il réceptionna ce qu'elle venait de lancer et regarda ses mains pour voir de quoi il s'agissait. C'était une boule de riz.

— Nowaki m'a demandé de te la remettre.

Chino avait rempli sa mission. Elle s'éloigna en faisant à Sasuke un signe d'au revoir de la main.

— Hé ! cria-t-il.

— Je ne m'appelle pas « Hé » ! stipula Chino en se retournant, un peu énervée.

— Remercie-le de ma part, indiqua Sasuke.

Chino sembla surprise, puis elle ajouta :

— Ça marche.

Après le départ de Chino, Sasuke prit son visage entre ses mains.

Avait-elle raison ? Avait-il l'air si préoccupé ?

Pour prendre un peu de distance avec le village, Sasuke traversa le bois de bambous et alla s'asseoir sur une grande souche dont les racines étaient profondément ancrées dans le sol.

Dans cette affaire, une chose retenait vraiment l'attention de Sasuke.

Karyû avait affirmé que c'était en le voyant qu'il avait eu l'idée de former la bande Anrai. Un homme l'avait pris pour modèle, alors qu'il était plongé dans sa période sombre, et avait basculé dans le mal. Cela faisait peut-être également partie du cercle vicieux de la haine.

La rédemption. Sasuke faisait ce voyage pour expier sa faute.

Quand on avait commis une faute, n'était-il pas possible de l'expier même si on y consacrait toute une vie ?

Sasuke songea à Konoha. Il ne parvenait pas à s'imaginer en train de fouler le sol du village et d'y vivre. Son voyage ne s'arrêterait peut-être jamais.

— Gamine… appela Iô.

Chino était revenue dans la maison du vieil homme. Elle discutait avec Nowaki, tous deux assis sur une chaise. Iô se montrait enfin.

— Tu peux te lever, papi ? se préoccupa Chino.

— Que vont devenir les autres ? interrogea Iô.

— Les autres ?

— Ceux de la bande Anrai… Que va devenir Karyû ?

Iô ne pouvait sûrement pas réfléchir à autre chose. Nowaki le regarda avec compassion.

— Depuis la IVe Grande Guerre ninja, les grands affrontements ont diminué. Il semble que les Cinq Grands Pays soient plus tolérants et ouverts dans de nombreux domaines. J'ai entendu dire que Konoha, le village de Sasuke, faisait particulièrement preuve de compréhension, expliqua Nowaki.

— C'est difficile à dire, mais quand on est *shinobi*, on peut comprendre certaines réactions de Karyû. Il faut prendre aussi en compte le contexte du village du Brouillard... ajouta Chino.

— Il ne sera pas exécuté ? s'enquit Iô.

Apparemment, c'était ce qui importait pour le vieil homme.

— Probablement que non, lâcha Chino de façon évasive.

— Je vois... Je vais prendre un peu l'air, décida Iô.

Il sortit de la maison.

— Hm ?

Sasuke était en train de se reposer dans le bois de bambous quand il reconnut des battements d'ailes familiers. Il leva les yeux et vit le faucon messager qu'il avait envoyé à Konoha. Il était déjà de retour. Sasuke allait-il être fixé sur le sort réservé à la bande Anrai ?

— Non... Ce serait trop rapide...

Sasuke saisit le message du faucon, qui s'était posé sur son épaule, et le lut.

— Comment ?!

La lettre révélait l'attaque du village de Konoha et le lien probable avec les affaires de disparition de *shinobis* des jours précédents. Un *shinobi* parmi les attaquants faisait certainement partie des instigateurs. Il aurait appartenu à un groupe nommé « bande Raikô » et il connaîtrait Karyû et la bande Anrai.

— La bande Raikô… C'est le nom d'origine du groupe de voleurs de Karyû !

Il y avait fort à parier que le chef de la bande Raikô était le cerveau de l'affaire. Kakashi voulait que Sasuke interroge Karyû et les autres membres de la bande Anrai. En utilisant son *sharingan*, il obtiendrait facilement des informations.

Le plus perturbant était le sort de *genjutsu* dont les *shinobis* étaient victimes ainsi que le système d'explosion mis en place. Le nombre de *shinobis* manipulés par ce sort de *genjutsu* qui étaient apparus dans les villages de Konoha, de Kiri et de Kumo s'élevait à plus d'une centaine. Ce n'était pas une chose aisée que de manipuler autant de *shinobis* simultanément.

Un dénommé Amuda, l'un des instigateurs, s'était glissé parmi les *shinobis* manipulés. Il devait sûrement être là pour guider les autres.

Parmi les *shinobis* qui avaient attaqué le village du Brouillard et le village caché des Nuages, il devait également y avoir des « guides ». Mais ils s'étaient sûrement auto-explosés rapidement.

Les *shinobis* de différents villages avaient été mélangés pour éviter qu'on ne remarque ces intrus.

Lors de l'attaque de Konoha, tous les *shinobis* ayant subi un sort de *genjutsu* avaient pu être sauvés, excepté les *shinobis* de Konoha. C'était pour cela qu'Amuda avait pu être retrouvé.

Une technique avait été associée au sort de *genjutsu*.

Les *shinobis* disparus avaient été capturés. Manipulés, ils étaient devenus des soldats obéissants et avaient été envoyés dans les villages.

— ...!

Sasuke réalisa une chose.

Cela lui rappelait Kaguya. Le souvenir des Zetsu blancs à l'Arbre Divin lui revint en mémoire.

— Non... Je réfléchis trop...

Pour le moment, Sasuke devait soutirer des informations sur la bande Raikô à Karyû et ses hommes. Il se leva.

— ...?

Une détonation s'était fait entendre du côté du village.

Il vit dans la même direction de la fumée qui signalait un début d'incendie. Karyû et ses hommes s'étaient-ils échappés de l'entrepôt ?

Sasuke retourna immédiatement au village des Bambous.

— Mais, c'est...

Le paysage qui se déployait sous ses yeux n'avait rien à voir avec ce qu'il avait imaginé. C'était l'entrepôt qui brûlait. Les colonnes de feu se dressaient tout autour du bâtiment comme s'il avait été aspergé d'huile. Les flammes encerclaient complètement l'entrepôt. Les bambous qui composaient la structure, chauffés par la chaleur, se brisaient en éclatant.

— Qu'est-ce que ça signifie ? se demanda Sasuke.

Il aperçut Chino et Nowaki qui regardaient, impuissants, l'entrepôt brûler. Sasuke courut vers eux.

— Mon… mon petit Sasuke ! C'est le vieux Iô qui aurait mis le feu en profitant d'un moment d'inattention de notre part, expliqua Chino, l'air dépité.

— Quoi ? Où est passé Iô ? s'agaça Sasuke.

— Il est sûrement à l'intérieur aussi… supposa Chino en désignant l'entrepôt du doigt.

Iô était entré dans le bâtiment, l'avait aspergé d'huile et y avait mis le feu.

— Il nous avait demandé quelle serait la sanction réservée à Karyû et à la bande Anrai. Je lui avais répondu que le village de Konoha était plutôt compatissant et compréhensif et qu'ils ne seraient probablement pas exécutés…

Sasuke serra les lèvres et fixa l'entrepôt.

Il était trop tard pour intervenir.

Quand le feu s'éteignit enfin, Sasuke, Chino et Nowaki entrèrent dans le bâtiment pour se rendre compte de l'état dans lequel il était à l'intérieur.

Les cadavres étaient amoncelés, et il était impossible de distinguer le cadavre d'Iô de celui de Karyû.

En observant ces cadavres carbonisés, Chino lâcha :

— J'aurais dû tuer toute la bande Anrai.

Ces paroles firent tomber un voile sombre sur le cœur de Sasuke.

Chapitre 3

Acclamation des vanités, vacarme des lamentations

1

Selon Karyû, la bande Raikô, à laquelle il avait appartenu, recevait aussi des missions des villages de *shinobis*. Pour ces villages, il s'agissait sûrement de liens obscurs. Et il y avait une personne qui connaissait tout en matière de méfaits. Tout en évitant de se faire voir, Sasuke se rendit seul dans la grotte qui servait de repaire à cette personne.

Après l'incendie au village des Bambous, les habitants semblaient soulagés. Toute la bande Anrai, qui les avait tant fait souffrir, avait péri. De plus, c'était le chef du village qui avait tué ses membres. Peut-être que les villageois se réjouissaient qu'Iô soit enfin parvenu à venger sa fille.

Quand Kakashi avait écrit une lettre à Sasuke, il en avait également rédigé une autre qu'il avait adressée au village des Sources Chaudes. Il avait dû lui demander d'apporter son aide au village des Bambous. Grâce à Kakashi, des *shinobis* des Sources Chaudes étaient venus prêter main-forte aux travaux de reconstruction.

Chino et Nowaki affirmèrent qu'ils étaient enfin libérés et ils repartirent en voyage. Quant à Sasuke, il demeura au village.

— C'est quand même ennuyeux…

Un homme se dressa soudain devant Sasuke, qui était maintenant tout près du repaire. Le visage de cet homme lui était familier.

— Tu es Sasuke… n'est-ce pas ? Moi… disons que je m'appelle « Yamato ».

Il faisait partie des hommes qui avaient attaqué le repaire d'Orochimaru avec Naruto. On lui avait confié le rôle de chef. Et, s'il était ici aujourd'hui, ça signifiait bien une chose…

— J'ai l'impression qu'Orochimaru est ici.

Orochimaru possédait plusieurs repaires. Apparemment, Sasuke devinait juste. Yamato expira lentement.

— C'est embêtant. Peux-tu m'indiquer l'objet de ta visite ? déclara-t-il.

— Je voudrais m'entretenir avec Orochimaru.

— Ça, je m'en doute.

— …

— …

Sasuke se tut. Yamato croisa les bras devant lui. Il était prêt à attendre le temps qu'il faudrait. Cette situation pouvait durer longtemps.

— Il est possible qu'Orochimaru détienne des informations concernant l'instigateur d'une attaque au village de Konoha.

Sasuke expliqua brièvement la situation. Yamato sembla décontenancé. Il décroisa les bras et se gratta la tête.

— As-tu informé Hokage, le Sixième, de cela ? demanda-t-il.

— Je compte l'en informer dès que j'aurai des résultats.

— Ce serait plus facile de coopérer avec toi si tu pouvais lui envoyer les détails de ce qui s'est passé… conseilla Yamato.

Il fixa Sasuke.

— Tu agis pour le compte de Konoha, n'est-ce pas ?

En entendant la question de Yamato, Sasuke eut durant un instant le souffle coupé.

Il agissait bien pour le compte de Konoha. Sasuke en fut lui-même surpris, car il le faisait tout naturellement.

— Oui… répondit Sasuke.

— Alors, je n'ai pas le choix, rétorqua Yamato en lui laissant la voie libre.

— En es-tu sûr ?

— J'en informerai le Sixième. Car on est « camarades ». Maître Kakashi a dû aussi t'enseigner l'importance de la confiance et du travail d'équipe, pas vrai ?

Équipe 7 Kakashi. Son souvenir de l'époque ressuscita dans l'esprit de Sasuke.

Il eut le sentiment de repartir de zéro et d'attraper une à une toutes les choses importantes dont il s'était débarrassé.

— Désolé… s'excusa Sasuke.

Puis il pénétra dans l'antre d'Orochimaru.

Les murs écailleux étaient décorés de nombreux objets représentant des serpents. Ces objets devaient servir aussi de caméras de surveillance. Orochimaru était sûrement en train de regarder Sasuke.

— Cela fait longtemps, Sasuke…

Sasuke avait avancé en silence. Avant qu'il n'ait atteint l'espace le plus reculé du repaire, Orochimaru était apparu, le sourire aux lèvres.

Orochimaru était un homme qui faisait partie du trio légendaire avec Jiraya et Tsunade. De tous les *shinobis*, il était le plus érudit en matière de *ninjutsu* et celui qui était le plus motivé par les recherches.

Son obstination n'était pas sans rappeler celle d'un serpent. Il avait touché au plus profond des ténèbres et, par certains aspects, il avait dépassé le territoire des humains.

— Connais-tu la bande Raikô ? s'informa Sasuke de but en blanc.

— Tiens… murmura Orochimaru.

— Tu la connais, oui ou non ?

— Eh bien… J'en ai déjà entendu parler. Il me semble qu'à la fin la bande s'est fait « chasser » par le village du Brouillard.

Orochimaru esquissa un petit sourire. Visiblement, il était au courant du fait que la bande Raikô avait été piégée par les *shinobis* du village du Brouillard qui avaient voulu se faire bien voir par leurs hauts responsables.

— Il est probable que le chef de la bande Raikô attaque des villages de *shinobis*, expliqua Sasuke.

— Vraiment ? Le chef de la bande Raikô...

En entendant ces mots qui semblaient pleins de sous-entendus, l'expression de Sasuke se fit plus dure.

— Si tu sais des choses, dis-les-moi, ordonna-t-il.

— Fff... Tu ne changes pas... Est-ce vraiment comme cela qu'on demande les choses ? fit remarquer Orochimaru en penchant la tête sur le côté d'un air interrogateur.

— Dépêche-toi, pressa Sasuke.

— Très bien... répliqua Orochimaru en lui faisant un grand sourire. En plus, la situation a l'air intéressante... Le chef de la bande Raikô possède un pouvoir héréditaire. À l'origine, il faisait partie des gardes du corps d'En Oyashiro.

— D'En Oyashiro...? répéta Sasuke.

C'était un nom qu'il n'avait jamais entendu.

— Cet homme n'appartient à aucun groupe. Tout en étant *shinobi*, il est également marchand d'armes. Il vend des armes à quiconque lui présente suffisamment d'argent. On le surnomme le Marchand de la mort. C'est un véritable entrepreneur qui a bâti une fortune colossale en une génération.

— Le chef de la bande Raikô avait donc été son garde du corps ?

— Oui, il protégeait évidemment Oyashiro, mais il livrait surtout les armes avec lui sur les champs de bataille. Il faisait partie d'une troupe d'élite capable d'être présente même en première ligne des combats. D'ailleurs, cette troupe ressemblait un peu à l'Anbu.

Dans ce cas, si Sasuke parvenait à joindre Oyashiro, peut-être pourrait-il approcher le chef de la bande Raikô.

— Où se trouve Oyashiro ?

— Je ne sais pas. Je crois qu'il possède encore plus de repaires cachés que moi. Ça va être difficile de le trouver.

Sasuke lança un regard noir à Orochimaru.

— Tu ne me parlerais jamais d'une chose sans preuve, affirma-t-il.

Orochimaru rit en faisant du bruit avec sa gorge.

— Est-ce un signe de confiance de ta part ? Disons que j'ignore où il se trouve, mais que je suis capable de le faire venir. Mais pour cela… il y a un point ennuyeux. Veux-tu quand même le faire venir ? interrogea Orochimaru.

— Pourquoi crois-tu que je suis venu jusqu'ici ? rétorqua Sasuke.

En entendant ces mots, Orochimaru rit de nouveau et murmura :

— Je sens le vent.

Orochimaru avait annoncé qu'il lui fallait un peu de temps pour effectuer les préparatifs. Sasuke devait attendre un moment dans son repaire.

— Sasuke !

— Toi ici ? Si tu es là, c'est que tu manigances quelque chose, pas vrai ?

— Ça fait longtemps.

Des membres du groupe Taka, avec qui Sasuke avait combattu autrefois, étaient arrivés.

— Karin s'est très vite aperçue de ta présence. Elle ne tenait plus en place, affirma Suigetsu.

— Quoi ?! J'étais juste inquiète ! Je ne voulais pas que ça dégénère ! Arrête de dire n'importe quoi, d'accord ?! se défendit Karin.

Suigetsu et Karin commencèrent à se disputer comme autrefois. En observant les deux autres se chamailler, Jûgo posa une question à Sasuke :

— Tu poursuis toujours ton voyage ?

— Oui… affirma Sasuke.

En entendant sa réponse, Karin se tut alors qu'elle chahutait avec Suigetsu. Puis elle questionna Sasuke l'air inquiet :

— Tu n'es pas retourné à Konoha ?

— Tu vois ?! Tu ne peux pas t'empêcher de t'intéresser à Sasuke ! commenta Suigetsu sur un ton moqueur.

— T'es vraiment lourd ! pesta Karin.

Au moment où une nouvelle dispute allait éclater, Orochimaru fit son apparition :

— Vous êtes trop bruyants… Sasuke, j'ai fini les préparatifs. On peut y aller.

— Vous partez quelque part, Maître Orochimaru ? s'enquit Karin.

Orochimaru plissa les yeux et lui annonça :

— Je pars à la mer avec Sasuke.

Karin et les autres restèrent un instant interdits.

— Hein ? Quoiiiii ?! Vous partez à la mer avec Sasuke ?!

— Vous, vous restez ici, précisa Orochimaru.

À cet ordre, Karin laissa tomber ses épaules, pleine de déception.

— J'ai du mal à imaginer Maître Orochimaru et Sasuke à la mer, déclara Suigetsu d'un air crispé.

— Attends ! Je ne suis pas au courant, avoua Sasuke en fronçant les sourcils.

Il suivit Orochimaru qui avait commencé à avancer.

— Pour être tout à fait exact, nous nous rendons sur une île isolée qui se trouve au milieu de la mer. C'est un lieu de divertissement pour les grosses fortunes.

— Oyashiro est là-bas ?

— Oui, s'il mord à l'hameçon.

Orochimaru eut un sourire plein de sous-entendus.

Après le départ de Sasuke, Suigetsu murmura d'un air ému :

— Dire que Sasuke agit pour les autres…

— À l'origine, c'est un *shinobi* de Konoha. Pour lui, ce n'est pas comme s'il s'agissait d'étrangers, commenta Jûgo.

— Mais quand même ! s'exclama Suigetsu. Il n'est pas retourné à Konoha, n'est-ce pas ? Il est peut-être mal à l'aise d'y aller ?

— Tu ne comprends vraiment rien, asséna Karin en lui lançant un regard noir. Même s'il n'y a plus de grands conflits, des types louches et dangereux, y en a encore plein dans le monde. Les yeux de Sasuke seront forcément convoités.

En effet, Sasuke, le survivant du clan Uchiwa, avait un *sharingan* à l'œil droit et un *rinnegan* à l'œil gauche. Ses yeux étaient très attrayants pour celui qui était en quête de puissance. Autrefois, Orochimaru avait voulu, lui aussi, récupérer le corps de Sasuke.

— Si Sasuke restait au village de Konoha, certains *shinobis* attaqueraient sans doute le village pour l'atteindre. Mais il réduit le risque d'attaque en signifiant à tous que « Sasuke Uchiwa n'est pas à Konoha, mais constamment en voyage à travers le monde », précisa Karin.

— Si Sasuke avait des relations plus étroites avec des personnes du village, des ennemis pourraient avoir envie de leur soutirer des informations, spécifia Jûgo.

— Mais, dans son entourage, il n'y a que des gens super-forts, non ? Je ne crois pas qu'ils se laisseraient soutirer des informations comme ça, commenta Suigetsu en inclinant la tête d'un air pensif.

— Non, pas nécessairement. Si Sasuke vivait au village, il pourrait être en contact avec des enfants dans son quotidien. Certains pourraient vouloir interroger ces enfants, expliqua Jûgo.

Ce dernier avait raison. Il existait encore en ce monde des *shinobis* d'une grande cruauté capables de tout pour atteindre leur objectif. On ignorait ce qu'ils étaient susceptibles de faire.

— Parmi les personnes, qui faisaient l'objet de recherche de la part de Maître Orochimaru, certaines admiraient tellement Itachi Uchiwa qu'elles haïssent Sasuke Uchiwa pour l'avoir tué. Alors, Sasuke doit certainement tout faire pour laisser le moins d'infos possible sur lui, certifia Karin.

— Tu crois que Sasuke se soucierait de ça ? questionna Suigetsu.

Il ne semblait pas convaincu par les propos de Karin.

— Je ne comprends pas trop. Mais alors, Sasuke va continuer à voyager pour toujours ? ajouta-t-il.

— Peut-être bien, lança Jûgo.

Karin baissa les yeux en entendant cette réponse.

L'image d'une femme traversa son esprit. Cette femme voyait Sasuke quitter le village et s'approcher des ténèbres, mais elle ne pouvait s'empêcher de l'aimer et de le pleurer.

— …

Karin entra dans sa chambre et sortit une photo du tiroir de son bureau. À l'époque où Sasuke collaborait avec eux dans le groupe Taka, Karin l'avait supplié de prendre cette photo. Elle aurait préféré une photo seule avec lui, mais Suigetsu et Jûgo s'étaient joints à eux.

Karin fixa longuement la photo.

— Qu'est-ce que tu regardes ? insista Suigetsu tout en passant sa tête par-dessus l'épaule de Karin pour voir ce qu'elle faisait sans la moindre gêne.

— Ça ne va pas, non ?! La délicatesse, ça te parle ?!

— Argh !

Karin avait donné un coup de poing au visage de Suigetsu. Ce dernier se changea en eau, et des gouttes d'eau giclèrent partout. Karin souleva ses lunettes et se hâta de crier :

— Ce n'était pas comme si j'étais en train de me soucier d'une personne parce qu'elle n'avait peut-être aucune photo de lui !

— « De lui » ? De qui tu parles ? De Sasuke ?

— Sasuke ?!… Euh… Non… La ferme !! tonna Karin.

Cette fois, elle lui assena un coup de pied.

— Sors de ma chambre, imbécile ! ajouta-t-elle.

Elle chassa Suigetsu de sa chambre tout en le frappant de tous côtés. Quand elle le sentit loin, elle observa à nouveau la photo.

— Si j'ai l'occasion de la revoir, je lui demanderai… Après tout, c'est facile de reproduire une photo.

Karin ignorait si elle allait revoir cette femme aux cheveux couleur des fleurs de cerisier. Karin rangea la photo dans le tiroir de son bureau.

2

Ils prirent un bateau au port le plus proche, et sur l'île où ils débarquèrent, ils en prirent un autre, plus petit.

Au fur et à mesure qu'ils avançaient, le brouillard devenait plus épais. La vue commençait à devenir mauvaise. Le capitaine y était-il habitué ? Il naviguait en silence.

— Mais c'est quand même étrange que tu puisses aller et venir librement, commenta Sasuke en regardant l'avant du navire.

En effet, Orochimaru avait commis de nombreux crimes, parmi lesquels la planification de la chute de Konoha, l'assassinat du quatrième Kazekage et bien d'autres encore.

— Tiens ! C'est toi qui me dis ça, Sasuke ? rétorqua Orochimaru en observant les vagues poussées par le vent.

Orochimaru avait raison. Sasuke aurait dû être en prison.

— Kabuto, l'un des plus grands criminels de la IVe Grande Guerre ninja, vit aujourd'hui en plein jour.

Kabuto avait été le brillant bras droit d'Orochimaru. On raconte que ce pharmacien avait accumulé une grande quantité de choses pour découvrir qui il était.

À cause de la technique interdite de la Réincarnation des Âmes à laquelle il avait eu recours, le monde des ninjas avait failli courir à sa perte. Les actes qu'il avait commis, les vies qu'il avait ôtées et tous ses autres méfaits n'étaient sûrement pas pardonnables.

Il y avait certainement des personnes qui abhorraient les actes du passé de Kabuto et d'autres qui s'inquiétaient de ce qu'il risquait de faire dans le futur. En le laissant en vie, ils redoutaient sûrement qu'il ne répète les mêmes erreurs.

— La probabilité de se tourner de nouveau vers le mal est plus faible chez Kabuto que chez moi, affirma Orochimaru.

— Comment peux-tu en être sûr ? sonda Sasuke.

— Ffff… Tu ne fais pas confiance à la force d'Itachi Uchiwa ? interrogea à son tour Orochimaru.

Sasuke se tut.

Itachi avait ressuscité grâce à la technique de la Réincarnation des Âmes de Kabuto. Pour s'en libérer, Itachi avait combattu Kabuto. À ce moment, il avait utilisé Izanami contre lui. On racontait qu'il n'était possible de se libérer de cette technique qu'en se confrontant vraiment à soi-même et en admettant qui on était réellement.

Kabuto était-il parvenu à se défaire d'Izanami ? C'était difficile à concevoir pour Sasuke qui avait vu son apparence effroyable.

— Bien qu'il n'en ait pas l'air, Kabuto était en lien avec une personne. Elle l'a sûrement guidé pour se libérer du sort, témoigna Orochimaru.

— Il était en lien avec une personne ? répéta Sasuke.

— Oui, c'est une femme qui a sauvé Kabuto quand il était orphelin de guerre, expliqua Orochimaru.

Sasuke, qui ignorait le passé de Kabuto, fut surpris.

— C'était un ancien *shinobi* de Konoha. Elle avait appartenu à la Racine et faisait partie de l'élite du département de renseignement. D'ailleurs, son intégrité dénotait... Elle a fini par quitter la Racine pour travailler dans un orphelinat, celui où se trouvait Kabuto, poursuivit Orochimaru.

— ...

— Kabuto a été mêlé à la guerre parce qu'il voulait venir en aide à cette femme et à l'orphelinat. Quand j'ai repéré Kabuto, c'était la fin de sa bonne fortune, affirma Orochimaru sans éprouver la moindre gêne. Pour finir, on lui a fait endosser la part sombre de Konoha. Il a tué de ses propres mains cette femme qu'il aimait et respectait. À partir de là, il est devenu mon loyal subalterne. Il était capable de commettre les choses les plus abjectes sans ciller. Plus tard, quand il a rassemblé tous les *shinobis* célèbres grâce à la technique de la Réincarnation des Âmes, elle avait été la seule à qui il n'avait pas voulu toucher. Alors que sa puissance en tant que *shinobi* aurait pu être exploitée. La part d'humanité de Kabuto devait être entièrement concentrée sur elle.

« Il ressemblait à celui que j'étais autrefois. »

Cette phrase de son frère Itachi ressuscita dans l'esprit de Sasuke. Itachi avait prononcé ces mots juste après avoir réalisé le sort d'Izanami sur Kabuto.

Itachi prétendait que Kabuto et lui avaient tous deux été ballottés par le monde des *shinobis*.

« J'aimerais que ce soit différent pour Kabuto et qu'il le réalise avant de mourir. »

Sasuke ne trouvait pas qu'Itachi et Kabuto se ressemblaient. Aujourd'hui encore, il ne le pensait pas.

Cependant, il pouvait imaginer que Kabuto ressente une douleur que lui seul pouvait comprendre.

— Cette femme a aimé pendant longtemps Kabuto, même si elle n'a pas réussi à le lui communiquer. Peut-être que pendant l'Izanami Kabuto s'en est aperçu.

Quelle voie Kabuto allait-il emprunter à présent ? Cette femme, qui avait tant compté pour lui, allait-elle lui éclairer le chemin à suivre ?

— Et c'est peut-être aussi… une assurance au cas où il se produirait une chose que l'on ne peut pas régler par un entendement commun, ajouta Orochimaru.

— Une assurance…?

— Oui, chaque époque voit naître un hérétique. Il arrive que, dans ces moments-là, une force inhumaine, comme la nôtre, soit nécessaire. C'est parce que certaines choses ne peuvent pas être protégées uniquement par le sérieux et l'honnêteté. Dans ce cas, il est préférable de garder Kabuto en cas de nécessité en le domptant…

Orochimaru rit après avoir prononcé ces mots.

— Qu'y a-t-il ? demanda Sasuke.

— Même si j'imagine que ton ami n'a absolument pas ce genre de calcul en tête.

Orochimaru parlait sûrement de Naruto.

— Non, c'est sûr.

Orochimaru plissa les yeux en entendant la réponse de Sasuke.

— Bien… On commence à la voir, dit Orochimaru en levant la tête.

À l'avant du navire, dans le brouillard, se dessinait une île entourée de falaises très abruptes.

Le navire s'engouffra dans une grotte étroite creusée dans une des falaises. Il avança à l'intérieur de l'île. Et, quand le ciel fut de nouveau visible, le navire arriva à quai.

— Soyez les bienvenus !

Un homme dans un costume chatoyant était venu les accueillir. Sur l'île, il y avait de nombreuses constructions à l'architecture très luxueuse. Les passants étaient vêtus de façon ostentatoire. Cela n'avait rien à voir avec l'ambiance pesante qu'affichait l'extérieur de l'île.

— Cette île isolée n'apparaît même pas sur une carte, précisa Orochimaru.

Après avoir dit cela, Orochimaru s'engagea entre les bâtiments. Un dôme encore plus voyant que les autres se profila devant eux.

— Une arène de combat ? s'enquit Sasuke.

— Ici, on l'appelle le « Colisée ».

Sur les gradins étaient assis des spectateurs qui manifestement appartenaient à la classe aisée. Sasuke fronça les sourcils en sentant l'atmosphère effervescente qui y régnait. Ce fut alors qu'un homme surgit au centre du Colisée. Il s'agissait probablement de l'organisateur.

— Je vous remercie de votre venue, aujourd'hui ! Gloire au vainqueur et désespoir au perdant ! Les règles sont simples. Les deux parties s'affrontent, chacune avec la « carte » qu'elle a en main ! Le gagnant aura le droit de récupérer les deux « cartes » à l'issue du match ! Le système est très simple. C'est la loi du plus fort !

Sasuke trouva que cela commençait à sentir mauvais.

— Qu'est-ce que ça signifie, Orochimaru ?

— Tu as entendu l'explication. Les personnes ici présentes font combattre leur *shinobi* personnel. Le propriétaire du *shinobi* gagnant remporte celui du perdant.

— Ne me dis pas que c'est ça, le divertissement des gens riches !

Au moment où Sasuke ne put plus cacher son dégoût, le combat démarra. Les cris d'excitation des spectateurs fortunés résonnèrent.

— On dirait des bêtes livrées en spectacle…

Orochimaru rit et commenta :

— Te souviens-tu des examens de sélection des ninjas de moyenne classe, Sasuke ? C'était en réalité une guerre miniature, l'occasion pour chaque village de *shinobis* de montrer sa puissance tant à l'intérieur qu'à l'extérieur et de faire étalage de brillants éléments qu'il était en train de former. Ces combats servent à la même chose.

Orochimaru fit glisser son regard vers les spectateurs et poursuivit :

— Ils affichent leur fortune en montrant l'excellent *shinobi* dont ils ont pu s'offrir les services. Toutes ces personnes riches appartiennent au milieu sombre. Elles veulent faire avancer les choses à leur avantage en démontrant leur force et désirent maintenir leur pouvoir. Il paraît que Gatô, le magnat des transports maritimes, était un habitué de ce lieu.

Gatô était le nom de l'homme qui régentait autrefois le Pays des Vagues. Sasuke se souvenait de sa nature abjecte. Parmi les spectateurs opulents qui étaient ici présents, beaucoup devaient être du même acabit que Gatô. Sasuke sentit le dégoût monter encore plus en lui.

— Mais En Oyashiro ne se montre qu'ici. De plus, il ne vient que s'il convoite une « carte ».

Pendant qu'ils discutaient, l'issue du match avait été décidée. Les *shinobis* qui avaient combattu furent emportés, et l'organisateur scanda les prochaines cartes qui allaient concourir.

— Et maintenant, Futsu d'En Oyashiro et Sasuke d'Orochimaru !

Pendant un instant, en entendant cette annonce, Sasuke se figea.

— Qu'est-ce que ça veut dire ?

— Je crois qu'il a mordu à l'hameçon.

— Je te demande ce que ça veut dire.

Face à Sasuke qui commençait à s'énerver, Orochimaru gardait le même sourire. Il avait même l'air amusé.

— Je te l'ai expliqué. Oyashiro ne se montre qu'ici et ne vient que s'il convoite une carte. C'est un collectionneur de pouvoirs héréditaires, avoua Orochimaru.

— Un collectionneur de pouvoirs héréditaires…? répéta Sasuke.

— Oui, c'est un homme qui aime les choses rares. Toi, qui possèdes le *sharingan*, il te voudrait plus que tout.

Sasuke était donc l'appât accroché à l'hameçon.

— Si on sait qu'il est dans l'arène, il suffit de le chercher, non ? proposa Sasuke.

— Oyashiro est un homme prudent. On ne peut pas savoir où il se trouve. C'est un médecin ninja. Il est un peu comme Kabuto. Il peut changer d'apparence et même effacer son odeur. Cependant, il devra se montrer à la fin du match au moment de la réception des « cartes ». C'est la règle du Colisée.

Pour le rencontrer, Sasuke n'avait vraisemblablement pas d'autre choix que de combattre. Il fit claquer sa langue.

— Oh ! Vous préférez vous abstenir ? demanda l'organisateur dans le micro.

Oyashiro attendait-il la réaction d'Orochimaru ? Il ne présentait pas son *shinobi*.

Sasuke regarda d'un œil noir Orochimaru et lança :

— Je vais en finir rapidement.

Puis il bondit en direction du centre de l'arène. L'apparition de Sasuke accrut instantanément la ferveur de la salle.

— …

Comme pour saluer sa venue, une fumée apparut au-dessus de l'arène et prit forme humaine. Un garçon entre 15 et 19 ans se présenta au public. C'était Futsu, le *shinobi* d'Oyashiro.

— Prêts… Partez !

Dès que le signal fut donné, Futsu réduisit immédiatement la distance qui le séparait de Sasuke. Ses mains formèrent rapidement un sceau. À peine avait-on vu les joues de Futsu gonfler qu'il recracha par la bouche une sorte de brume.

— …!

Sasuke fit un bond en arrière pour l'éviter. Une légère odeur d'acide flottait dans l'air.

— Je vois. C'est un collectionneur de pouvoirs héréditaires…

Sasuke, qui s'était éloigné de son adversaire, observa Futsu.

— C'est la technique Futton : la Brume acide, affirma Sasuke.

— Comment sais-tu cela ?

Comme les pouvoirs héréditaires étaient rares par nature, il y avait peu de connaissances et d'expériences concernant leur utilisation. De ce fait, il arrivait souvent que celui qui attaquait le premier avait l'avantage au combat. C'était sûrement la raison pour laquelle Futsu avait agi sans attendre.

— J'ai déjà fait l'expérience de cette technique.

Cependant, Sasuke connaissait ce coup. La Brume acide faisait fondre les adversaires. Autrefois, la Mizukage, Mei Terumî, l'avait utilisée lors d'un combat. La Mizukage avait réussi à faire fondre même le Susanô de Sasuke.

Toutefois, la technique de Futsu n'était pas aussi puissante que celle de la Mizukage. Sasuke n'avait donc rien à craindre.

— …!

Cette fois, ce fut Sasuke qui réduisit la distance importante qui le séparait de son adversaire. Futsu semblait craindre quelqu'un. Il ne s'agissait pas de Sasuke, mais d'une tierce personne qui devait les observer. Il tenta de nouveau d'attaquer avec la Brume acide.

« Je n'ai même pas besoin de montrer mon *sharingan* », songea Sasuke.

Par fierté, il ne voulait pas exposer son *sharingan* devant une assemblée aussi vile et grossière.

— Katon ! Boule de Feu Suprême !

De la bouche de Sasuke jaillirent des flammes incandescentes. La technique était simple, mais elle domina la brume de son adversaire et enveloppa Futsu.

— Raaaaah !

Par effet de boomerang, Futsu reçut sur lui sa propre Brume acide ainsi que les flammes de Sasuke.

— Victoire de Sasuke !

Comme l'avait prédit Sasuke, le match se termina rapidement. L'organisateur du Colisée s'occupa de Futsu. Une équipe médicale était présente sur les lieux. Toutefois, il n'avait pas été grièvement blessé.

— Monsieur Sasuke, bravo pour votre victoire ! Veuillez me suivre.

Guidé par un employé, Sasuke fut emmené vers le fond de l'arène. En chemin, Orochimaru le rejoignit et le félicita.

— Tu as été remarquable.

— Pfft !

Ils arrivèrent dans une pièce où tout n'était que débauche de luxe. Des meubles somptueux étaient alignés.

L'employé proposa des chaises, mais Sasuke et Orochimaru les refusèrent. Ils préféraient attendre debout. Un homme arriva juste après eux.

— Quel dommage ! J'ai participé à ce combat en espérant pouvoir admirer, ne serait-ce qu'un instant, le *sharingan* ! Mais il n'a même pas été utilisé !

L'homme était un marchand d'armes. Sasuke l'avait imaginé avec une mine patibulaire et sombre, comme celle de Gatô. Contre toute attente, c'était un homme joyeux qui lui faisait face. Il avait la quarantaine, était grand, et les traits de son visage étaient réguliers. Cependant, ses lunettes de soleil au design audacieux gâchaient complètement l'ensemble.

— Vous êtes cruel, Orochimaru ! Cela fait des années que je n'avais pas participé au combat. Je me suis fait battre tellement rapidement. Je suis déshonoré.

L'homme se plaignait, mais ricanait en même temps. Puis il regarda Sasuke et lui adressa un large sourire.

— Enchanté ! Je suis En Oyashiro.

Oyashiro tendit la main vers Sasuke pour le saluer d'une poignée de main. Cependant, Sasuke ne répondit pas à sa sollicitation. Malgré cela, Oyashiro continua de sourire gaiement.

— Cet homme est-il vraiment En Oyashiro ? se renseigna Sasuke.

Il n'était pas du tout comme Sasuke l'avait imaginé.

— Oui, il n'y a pas de doute, assura Orochimaru.

— Alors, je dois vous céder gracieusement mon adorable Futsu. Le contrat…

— Ce sera inutile.

Sasuke arrêta net Oyashiro qui s'apprêtait à apposer son sceau sur le contrat apporté par l'employé.

— Tiens ! Pourquoi donc ?

— Je veux te poser une question, signifia Sasuke.

Oyashiro ricana et s'assit profondément sur une chaise qui se trouvait à proximité. Il incita Sasuke à poursuivre :

— Je t'en prie.

— Connais-tu la bande Raikô ?

Les yeux d'Oyashiro s'agrandirent légèrement derrière ses lunettes de soleil.

— Bien sûr que je la connais. Elle a cherché à m'éliminer à plusieurs reprises.

— Elle a cherché à t'éliminer ?

— Bah oui… Je ne suis pas toujours bien vu.

La bande Raikô attaquait des malfrats, leur prenait leur argent et le distribuait aux plus pauvres. Était-ce à cause d'Oyashiro que la bande Raikô avait commencé à perpétrer ce genre d'action ?

— Il est possible que le chef ait enlevé des *shinobis*. Il leur aurait jeté un sort de *genjutsu* et les aurait poussés à attaquer des villages de *shinobis*. Il y a même eu des morts.

— Ah oui ? Fûshin est devenu bien audacieux, commenta Oyashiro.

— Fûshin ? répéta Sasuke.

— C'est son nom.

Apparemment, le chef de la bande Raikô s'appelait Fûshin.

— Il vient d'ailleurs, mais je l'ai gagné ici. Il est devenu un de mes gardes du corps. Je crois qu'il est né au Pays de l'Eau. Mais il était originaire d'une petite île environnante de la métropole du village du Brouillard. Il a été vendu dans sa jeunesse par les habitants de l'île qui le redoutaient.

— Il a été vendu ? questionna Sasuke en fronçant les sourcils.

— C'est souvent comme ça avec un pouvoir héréditaire, non ? rétorqua Oyashiro. Pour les faibles, celui qui possède un pouvoir particulier est terrifiant. Le simple fait qu'il est différent provoque des suspicions infondées, du mépris et de la discrimination de leur part. Et, pour finir, ils chercheront à l'éliminer. C'est comme si, dès la naissance, il avait fait une mauvaise pioche.

Oyashiro examina Sasuke comme s'il était en train d'estimer de la marchandise.

— Mais moi, j'aime les pouvoirs héréditaires. Ils sont puissants et rares. Voilà pourquoi je les collectionnais et je les intégrais dans ma troupe de gardes du corps. Pour augmenter la rareté, il m'est même arrivé de n'en garder qu'un et de tuer tous les autres.

On aurait dit un enfant qui parlait de ses jouets.

— Vu leur naissance, continua-t-il, beaucoup d'entre eux étaient rebelles. Je pense que je n'aurais pas pu les dresser si je n'avais pas maîtrisé le *ninjutsu* médical. Fûshin était un enfant relativement docile. Mais un jour, subitement, il s'est enfui en emmenant les autres. Pourtant, je le nourrissais tous les jours et lui donnais même de l'argent de poche. Quand il est parti, ça m'a refroidi. J'ai cessé de collectionner les pouvoirs héréditaires. Il faut dire qu'ils sont difficiles à manier.

Sasuke était censé poursuivre le coupable de l'attaque du village de Konoha, mais, en écoutant Oyashiro, il ne savait plus qui était le méchant de l'histoire.

— Tu es vraiment sans intérêt, lâcha Sasuke.

Oyashiro plissa les yeux derrière ses lunettes de soleil.

— Mais M. Orochimaru, qui coopère avec toi, a par le passé récupéré des éléments rares ici. Et toi, tu cherches à aider ces personnes ?

En effet, jusqu'à présent, Orochimaru s'était procuré de nombreux spécimens rares venant d'un peu partout. Il n'était pas étonnant qu'il soit venu dans ce genre de lieu pour s'approvisionner.

Dans le passé, quand Sasuke avait tué Orochimaru, il avait libéré tous ses prisonniers. Mais le nombre de ses victimes devait sûrement être plus important que celui des personnes qu'il avait pu secourir.

— À mon avis, aux yeux des victimes, bourreaux ou tierces personnes, c'est du pareil au même. Pour les victimes, ces gens ne les ont pas secourues et sont à mettre dans le même panier.

— …

— Toi aussi, tu vas quitter cet endroit sans mettre fin à ce divertissement. Alors, tu deviens complice, n'est-ce pas ? Tu n'es pas vraiment en mesure de critiquer les autres.

En entendant les paroles d'Oyashiro, Sasuke se tut.

Pendant le combat, Futsu était préoccupé par quelqu'un. Il devait probablement s'agir d'Oyashiro.

Après un moment de réflexion, Sasuke prit une décision.

— Comment va Futsu ? se renseigna-t-il.

— Par chance, sa vie n'est pas en danger.

— Dans ce cas, laisse-moi l'affronter encore une fois. Cette victoire m'a permis de récolter des informations. Je vais le combattre et gagner une seconde fois pour pouvoir le délivrer de ton joug.

Oyashiro, qui était profondément assis sur sa chaise, se redressa.

— Vraiment…? murmura-t-il.

— Je défie également tous ceux qui étaient assis dans les gradins. S'ils veulent les yeux d'Uchiwa, qu'ils viennent se mesurer à moi.

Tout en disant cela, Sasuke sortit de la pièce.

— Oh là là… Tu m'as l'air bien énervé, commenta Orochimaru sur un ton moqueur en le suivant.

— La ferme !

— Tu comptes vraiment te battre de nouveau ?

Sasuke s'arrêta et se tourna vers Orochimaru.

— Je vais tous les libérer.

Le malaise que Sasuke avait ressenti dans les gradins était dû au fait que toutes ces personnes fortunées considéraient les *shinobis* comme des objets, et non comme des êtres humains.

— Je vais en finir rapidement, annonça-t-il.

Il avait donc l'intention de les délivrer tous.

L'appât du *sharingan* fut énorme.

Les riches qui le convoitaient affluèrent pour défier Sasuke. Il n'avait pas le temps de se reposer entre les combats. Cependant, il remportait chaque match en un laps de temps très court.

— Que vas-tu faire de tout ce monde ? demanda Orochimaru en fixant les sceaux sur le contrat.

Sasuke ne voulait pas forcer les *shinobis* à quitter leur maître, mais la plupart d'entre eux désiraient la liberté.

— Yamato doit sûrement être ici aussi. Je vais passer par lui pour solliciter Konoha d'accueillir ces *shinobis*.

Yamato, qui jouait le rôle de surveillant d'Orochimaru, s'était infiltré sur l'île.

— Il a dû probablement nous regarder en prenant sa tête entre les mains et se lamenter en voyant que les choses prenaient une tournure compliquée, commenta Orochimaru en riant.

Afin de discuter avec Yamato, Sasuke s'éloigna un temps d'Orochimaru.

— Tu es vraiment impressionnant. Finalement, je n'aurai pas vu ton *sharingan*, constata Oyashiro qui était apparu soudain derrière Sasuke.

— …

— Ha, ha ! Tu m'ignores ? Allez… Discutons un peu ensemble ! Tu m'as montré des choses tellement intéressantes… alors, je suis d'humeur bavarde… J'ai notamment envie de te parler de Fûshin…

Sasuke éprouva de la répugnance en voyant la manière sournoise qu'avait Oyashiro de procéder. Il se retourna quand même vers lui.

— Il paraît qu'après que Fûshin a quitté ma demeure, tous les habitants qui vivaient sur son île ont été tués. Dès lors, plus personne n'a voulu s'approcher de cette île, qui a été considérée comme maudite. L'île est tombée en décrépitude et a disparu de la mémoire des gens… raconta Oyashiro en affichant un sourire malicieux. N'est-ce pas une destination idéale pour le navire disparu du village du Brouillard ?

Sasuke sembla réaliser soudain une chose.

— Jusqu'où es-tu au courant de cette affaire ? s'informa-t-il.

— Je ne fais qu'imaginer… Fantasmer… Mais si tu veux bien écouter encore un peu mes rêveries, j'accepte de t'indiquer l'emplacement de cette île.

Oyashiro appela son serviteur et dessina une carte sur un parchemin.

— Si je me débarrassais de lui, ça t'arrangerait, n'est-ce pas ? questionna Sasuke.

— Fûshin a tué tous ses propriétaires avant moi. Malgré cela, il est devenu un voleur pour venir en aide aux plus pauvres. Alors, il doit quand même chercher à nouer des liens…

Oyashiro remit à Sasuke le parchemin qu'il venait d'enrouler.

— Pendant une période, j'ai vraiment eu envie de collectionner les Uchiwa. J'ai été honoré de te rencontrer.

Sasuke saisit le rouleau des mains de son interlocuteur et affirma :

— Quand j'en aurai fini avec cette affaire, je m'occuperai de toi.

Sans changer d'expression, Oyashiro ajusta bien ses lunettes de soleil sur son nez et déclara :

— Tu devrais faire attention à tes yeux.

Parlait-il du *sharingan* ? Sasuke lui tourna le dos sans prendre la peine de lui répliquer quoi que ce soit.

3

Sasuke confia les *shinobis* libérés à Yamato. Ce dernier assura que Sasuke pouvait compter sur lui, même si son visage affichait une certaine crispation.

— Cela me concerne aussi, ajouta-t-il.

Sasuke eut l'impression d'entrevoir à travers ces quelques mots murmurés le destin tourmenté et la nature particulière de Yamato.

Quand des liens se créaient avec une personne, on en connaissait davantage sur elle, et notre propre monde grandissait et s'ouvrait davantage. En expérimentant ce lien, Sasuke se souvint naturellement de Naruto.

Naruto était un *shinobi* qui avait grandi en étant soutenu par un grand nombre de personnes. Quelle était l'envergure du monde de Naruto ? Quel était le paysage qui se déployait dans l'avenir que Naruto cherchait à atteindre ?

Sasuke pensa ensuite à lui-même. Quel était le paysage qu'il souhaitait admirer ? Pour lui, il était difficile d'imaginer un avenir, car ses yeux n'avaient longtemps regardé que l'obscurité. Même en voyageant ainsi à travers le monde, ce qu'il remarquait le plus chez les gens était leur part d'ombre.

Cependant, il n'avait pas le loisir de s'arrêter. Après avoir quitté Orochimaru, il partit seul pour l'île oubliée.

Pour qui faisait-il cela ? Dans quel but ? Sasuke ne le savait pas lui-même. Cependant, il était animé par un sentiment profond qui venait du fond de son cœur. Il devait résoudre cette affaire.

— C'est donc là-bas…

En examinant la carte d'Oyashiro, Sasuke plissa les yeux. Il aperçut une petite île au large.

Au centre de l'île se dressait une montagne entourée par une forêt. Sur la côte, des maisons en ruine étaient alignées. Il n'y avait pas âme qui vive.

— …!

Cependant, les yeux de Sasuke captèrent une chose. Un navire était amarré dans le port de l'île. Il pouvait facilement transporter une centaine de passagers.

Puis Sasuke regarda le bateau avec son *sharingan*. Il découvrit le symbole du village du Brouillard gravé sur le navire.

— C'est donc le fameux navire disparu…

Sasuke observa de nouveau l'île avec son œil.

— Il y a du monde…

Dans la forêt, après les maisons en ruine, il sentait une présence humaine.

Sasuke pétrit son chakra, descendit du navire et se tint debout sur les vagues. Il effaça sa présence et avança doucement vers l'île.

— …

Il devait d'abord aller voir le navire du village du Brouillard. Sasuke prit appui sur les vagues et bondit sur le pont du bateau. Rien n'avait été saccagé à bord. Il ne trouva pas même une goutte de sang par terre.

Sasuke sauta hors du bateau et atterrit sur le port. En plus de celui du Brouillard, plusieurs navires étaient amarrés. Mais il s'agissait d'embarcations de petite taille.

— Le navire du Brouillard est très voyant. L'ont-ils laissé ici pour pouvoir se déplacer sur de petits bateaux ?

Sasuke traversa le port et déambula dans le village abandonné. On avait l'impression qu'un ouragan était passé. Le toit de toutes les maisons avait été soufflé. Toutes les portes et les fenêtres étaient détruites.

Au bout du village se déployait une forêt, chaude et humide, qui rendait la peau collante. Les arbres avaient une forme tortueuse, et des végétaux gigantesques qui poussaient de toutes parts rendaient les déplacements compliqués. Cependant, de l'autre côté de la forêt, Sasuke sentait une présence humaine. Il repoussa les lianes et regarda droit devant lui.

— ...!

Loin devant, il vit des personnes allongées en plein cœur de la forêt. Il ne s'agissait pas d'une ou de deux personnes. Il y en avait bien plus. Près d'elles se tenaient deux hommes qui semblaient être là pour les surveiller.

— …

Sasuke les observait avec son *sharingan*. Il prit une petite inspiration et se mit à courir dans leur direction.

— Hein ? Qui va là ?!

Un des gardes tenta de localiser l'assaillant. Cela arrangea Sasuke qui put ainsi lui jeter un sort de *genjutsu* avec son *sharingan*.

Sasuke sauta au-dessus du corps de l'homme, qui s'était immédiatement effondré, et s'approcha rapidement de l'autre garde qui tentait de former un sceau.

— Gredin !

L'homme leva son poing sur Sasuke qui devait absolument l'éviter. Sasuke anticipa le geste et, tout en s'accrochant aux racines d'un arbre, il sauta dans la direction opposée à celle qu'il suivait jusque-là.

Le poing de l'homme fendit le vide et s'abattit sur le sol.

— …!

Une énorme explosion résonna dans les environs. Un trou s'était creusé dans la terre. Cela ressemblait à la technique Bakuton employée par Deidara d'Akatsuki que Sasuke avait affronté autrefois.

— Dans ce cas…

Sasuke sortit un *kunaï* et y envoya du chakra. Puis il le lança en direction du garde.

— Argh ! Un Raiton !

Le *kunaï* se planta dans le bras de son adversaire. Le chakra concentré dans son poing disparut subitement. L'homme essaya d'enlever le *kunaï* de son bras, mais, avant qu'il ne puisse le faire, Sasuke lui asséna un coup de pied circulaire dans la tête.

— Pouah !

Le corps de l'homme rebondit sur le sol. Sasuke captura l'homme à terre avec son *sharingan*. Les deux gardes étaient maintenant immobilisés.

Sasuke accourut vers les *shinobis* allongés au sol. Certains portaient des tenues de *shinobi* du village du Brouillard et d'autres des tenues du village caché des Nuages. Ils respiraient, mais ils étaient profondément endormis. Ils étaient complètement immobiles.

Dans sa lettre, Kakashi expliquait qu'un chakra étrange circulait dans le corps des *shinobis* qui avaient attaqué Konoha. Sasuke vérifia ce qu'il en était dans les corps avec son *sharingan*.

— Rien…

L'étrange chakra décrit par Kakashi était absent de ces *shinobis*. Sasuke tenta une Rupture de *genjutsu* sur un *shinobi* du village du Brouillard qui était devant lui.

— Hmm…

Le *shinobi* du village du Brouillard reprit conscience.

— Où suis-je ? s'inquiéta-t-il.

— Sais-tu utiliser la technique de Rupture de *genjutsu* demanda Sasuke à l'homme, qui tenait son front avec la main et qui semblait encore sonné.

— La technique de Rupture de *genjutsu*...?

— Vous avez été capturés après avoir subi un sort de *genjutsu*, lui expliqua Sasuke.

— Ah... Mais oui ! Je faisais le guet sur le pont du bateau... quand un petit navire s'est approché... raconta l'homme qui essayait de sc souvenir des faits.

— Tu me raconteras cela plus tard. Pour l'instant, il faut s'éloigner de cet endroit le plus vite possible.

Quand l'homme entendit les paroles de Sasuke, il regarda autour de lui. En voyant ses camarades allongés sur le sol, il sembla enfin réaliser la situation.

— La technique de Rupture de *genjutsu* ? Oui ! Je sais l'utiliser ! affirma-t-il.

Au moment où il voulut réaliser la technique sur un des siens...

— Argh !

Le *shinobi* du village du Brouillard poussa un cri.

Son corps venait d'être transpercé par un petit sabre de chakra. Son sang giclait partout.

— Ça... fait mal...

Le *shinobi* se tint le côté gauche de la poitrine et s'agenouilla sur un de ses camarades comme s'il venait se superposer à lui. On lui avait planté un sabre de chakra par-derrière.

Sasuke sentit une légère brise émanant de ce sabre de chakra. Il reconnut cette impression.

— Je ne croyais pas te retrouver dans un endroit pareil.

Un homme sortit de la forêt.

Ses gestes calmes et sa voix étaient familiers à Sasuke.

— Je n'aurais jamais cru que c'était toi…

C'était Nowaki qu'il avait rencontré au village des Bambous.

Derrière lui se trouvait également Chino, qui affichait un air perplexe.

— Pourquoi dis-tu « Je n'aurais jamais cru que c'était toi » ? s'informa Nowaki.

— Je n'aurais jamais cru que tu étais Fûshin, l'ancien chef de la bande Raikô qui a fait attaquer le village de Konoha par des *shinobis*.

— …

En entendant les paroles de Sasuke, Nowaki sortit un nouveau sabre de chakra. Par réflexe, Sasuke se mit en garde. Mais Nowaki dirigea le sabre contre lui-même et s'entailla le poignet. Sans se soucier du sang qui giclait, il se taillada également l'autre poignet.

— …!

Son corps commença par se déformer en formant de multiples bosses. Puis ce corps musclé et massif s'affina. Sa taille diminua également un peu. Pour finir, Nowaki prit l'apparence d'un jeune homme élancé de la même taille que Sasuke.

Sasuke fixa le sang qui était tombé sur le sol. Il sentait dans ce sang la présence d'un chakra étrange. Nowaki avait dû faire circuler ce chakra spécial en lui, et c'était peut-être ce qui lui avait permis de modifier son apparence.

C'était sûrement une variante de cette technique qui avait rendu possible la création des hommes-bombes qui explosaient dès qu'ils avaient une plaie extérieure.

— Quand je t'ai rencontré au village des Bambous, je sentais que les choses allaient se corser. J'avais pourtant réussi à éliminer Karyû qui aurait pu te faire remonter jusqu'à moi…

Nowaki fit craquer les articulations de son cou.

— Tu dois tout me raconter, lui intima Sasuke.

— Pourras-tu m'y contraindre ?

Dès qu'il avait vu le visage de Nowaki, Sasuke avait su qu'il n'avouerait pas de lui-même. Sasuke tenta de le capturer avec son *sharingan*.

De son côté, Nowaki joignit ses mains et forma un sceau. Autour de lui, le vent se leva d'un coup. La poussière de sable et les feuilles dissimulèrent complètement son corps.

— C'est du Fûton ? Non, ce n'est pas ça… dit Sasuke pour lui-même.

Nowaki avait aussi un pouvoir héréditaire. Le vent devenait de plus en plus fort, semblait-il, et dépassait désormais le niveau d'un simple Fûton.

Nowaki continuait de former son sceau placé au centre de ce vent d'une terrible puissance. La force et l'ampleur de cette puissance augmentaient. Quand Nowaki eut enfin terminé de former son sceau, il scanda :

— Taiton ! Tempête du Cauchemar !

— Rah ! s'écria Sasuke.

Le vent poussa un grondement sourd. Les corps des *shinobis* captifs furent traînés au sol par la puissance du vent. Les arbres se plièrent et se brisèrent. Même le corps de Sasuke faillit être soulevé de terre. C'était devenu un véritable typhon.

— Bien…

Nowaki ouvrit alors son manteau. À l'intérieur, des sabres à chakra de la taille de la main étaient alignés, bien serrés. Nowaki en saisit un, le chargea de chakra et le projeta avec une grande aisance.

Le sabre de chakra porté par le courant du vent attaqua Sasuke.

— Tss !

Sasuke fit claquer sa langue et bondit. Son corps fut alors emporté par le vent. Il fut soulevé dans les airs.

— …!

Il était au milieu de la tornade. À l'intérieur, il n'y avait pas que le sabre de chakra qui le menaçait, mais également les arbres arrachés. Les morceaux d'arbres gigantesques étaient devenus également des armes que Sasuke devait éviter.

Sasuke prit appui sur un de ces arbres, évita le sabre de chakra qui volait autour de lui et parvint tant bien que mal à atterrir sur le sol. Cependant, la violence du vent était telle qu'il lui était impossible d'approcher Nowaki.

Le vent créé par Nowaki était sur le point de recouvrir toute l'île. Sa puissance n'avait rien à voir avec celle de Karyû de la bande Anrai ni avec celle de Futsu, que Sasuke avait affronté au Colisée.

Nowaki était le chef de la bande Raikô. Il avait réussi à sauver ses hommes de la troupe d'élite du village du Brouillard.

Nowaki forma un sceau encore plus sophistiqué et lança sa technique.

— Voici le coup final... Taiton ! Furie du Cyclone ! cria Nowaki.

Alors, le vent qui tournoyait dans un sens se mit à tourner en sens inverse. Son mouvement était devenu plus lent comme s'il accumulait de l'énergie, puis il se mit à tourner de plus en plus vite.

— Mais c'est... dit Sasuke.

Le vent poussa un grondement inquiétant et se transforma en une épée géante qui menaça Sasuke. L'épée trancha les grands arbres de la forêt telle une faucille coupant les blés.

— Susanô ! scanda Sasuke.

Le Mangekyô Sharingan fut activé. Un guerrier ailé géant apparut et recouvrit le corps de Sasuke.

— Tss !

Sasuke contra la gigantesque épée de vent avec le sabre de Susanô. Les deux armes s'affrontèrent en faisant un grand bruit. La sueur perlait sur le front des deux adversaires.

— Agh ! laissa échapper Nowaki.

Il serra les lèvres, et ses mains, qui formaient le sceau, se relâchèrent. Alors, l'épée formée par le vent disparut.

— Ça n'est pas terminé ! cria Nowaki qui forma immédiatement un autre sceau. Le vent commença à tournoyer de nouveau. Un violent cyclone s'abattit sur les environs. Susanô fut également poussé dans le dos par la puissance du vent et tituba de quelques pas. Pour arrêter le cyclone, il fallait vaincre Nowaki.

Sasuke orienta son regard vers l'endroit où Nowaki était censé se trouver.

— …

Il se rendit compte alors que Nowaki n'avait presque pas bougé depuis le début. Il était au milieu du vent, dans l'œil du cyclone. Si Sasuke voulait l'atteindre, c'était à cet endroit.

Sasuke s'échappa de l'intérieur de Susanô sans que Nowaki le remarque. Il s'éloigna de Susanô tout en continuant de le contrôler. Puis il se mordit énergiquement le pouce qu'il posa directement sur le sol. Le sang coula de son doigt.

— Technique d'Invocation !

Aoda, le serpent géant, très fidèle à Sasuke, fit son apparition.

— Maître Sasuke ! Que puis-je pour vous ?

— Étire-toi, ordonna Sasuke en se tenant juste au-dessus de sa tête.

— Entendu, déclara le serpent.

Il obéit à Sasuke et se dressa en direction du ciel. Son corps gigantesque transperça le cyclone de Nowaki et emmena Sasuke, qui était sur son dos, sous un ciel bleu.

— Bien joué ! commenta Sasuke.

Sasuke fit un grand bond et se retrouva au milieu du vent de Nowaki, dans l'œil du cyclone. Sa main était recouverte de la décharge électrique des Mille Oiseaux.

— …?!

Nowaki remarqua le cri d'un oiseau. Surpris, il releva la tête. Il voulut envoyer du vent en direction de Sasuke. Toutefois, il était trop tard.

— Uoooooooh !

L'attaque qui émit cette foudre éblouissante vint directement frapper Nowaki.

— Raaaaaaah !

La décharge électrique transperça son corps. Nowaki fut flanqué au sol. Le sceau qu'il formait avec ses mains se défit, et le cyclone, qui émettait un grondement sourd, disparut instantanément laissant place à un ciel bleu et dégagé.

— Haah... Haah...

Sasuke avait le souffle haletant parce qu'il avait utilisé le pouvoir de sa pupille. Cependant, il devait encore attraper Nowaki, l'instigateur de l'affaire, et lui soutirer des informations.

— Zut !

Nowaki tenta de se relever pour s'enfuir, mais il n'en eut plus la force. Il s'écroula par terre. Sasuke vint juste à côté de lui et l'attrapa avec son *sharingan*. Il vit alors instantanément une grande quantité d'informations.

La vie de Nowaki défilait telle une lanterne magique.

Il avait toujours été seul. Jeune, il avait été accusé par les habitants de son île d'y avoir fait venir le cyclone et avait été vendu à un homme fortuné qui s'était intéressé à son pouvoir. Il avait été torturé par son riche propriétaire qui l'avait forcé à lui obéir. Il n'avait plus eu aucune envie de se rebeller. Il avait été envoyé dans des combats qu'il n'avait pas souhaité livrer. Mais il avait dû se battre au péril de sa vie dans le seul but de divertir son maître.

Nowaki était puissant. Les gens gardaient une distance avec lui, car ils en avaient peur. Il avait été écarté de tous et traité durement par son entourage.

Il n'avait jamais perdu aucun combat. C'était d'ailleurs la seule chose dont il était secrètement fier.

Mais un peu plus tard, Nowaki était allongé par terre au grand Colisée.

— Ai-je… perdu ? balbutia-t-il.

Face à Nowaki, abasourdi, l'homme fortuné qui était son maître l'injuriait. Cependant, ces invectives ne semblaient pas parvenir aux oreilles de Nowaki.

« Oui, tu as perdu. »

Une voix s'adressa à lui. Il vit une main tendue vers lui. Son regard glissa lentement de la main au visage. Et là, il y avait…

Du rouge.

— …!

Tout le champ visuel de Sasuke se teinta subitement de rouge. Sasuke fut entraîné dans un univers entièrement de couleur rouge.

— Est-ce un *genjutsu* ?

Sasuke concentra toute sa force dans les yeux et lutta vigoureusement.

— C'est bien l'abominable *sharingan* des Uchiwa.

Sasuke s'éloigna de la conscience de Nowaki et revint à la réalité. Nowaki se trouvait là et portait Chino sur ses épaules. Les yeux de Chino étaient teintés de rouge. Ce n'était pas seulement sa pupille qui était rouge, mais l'entièreté de ses yeux. C'était différent du *sharingan*. Sasuke n'avait jamais vu cela.

— Mais… ces yeux…

En entendant les paroles de Sasuke, le visage de Chino se durcit.

— L'oubli est une violence inouïe ! C'est pourtant le clan Uchiwa qui a acculé le clan Chinoike au bord du désespoir, annonça Chino.

— Comment ? questionna Sasuke.

Le regard aiguisé de Chino captura Sasuke. Ce fut alors que la terre sous ses pieds se changea en mer de sang rouge. Le corps de Sasuke se mit à couler.

— Agh !

Chino observait Sasuke d'en haut, cette mer rouge secouée par les vagues.

— Mon petit Sasuke… L'instigateur de cette affaire n'est pas Nowaki. C'est moi ! C'est moi qui ai changé les *shinobis* en hommes-bombes et qui les ai envoyés dans les villages.

— Pourquoi as-tu fait une chose pareille ? s'enquit Sasuke.

Chino pencha lentement sa tête sur le côté.

— Mon petit Sasuke, tu n'as jamais voulu écouter ce que j'avais à te dire. Tu ne daignais même pas répondre à mes questions. Alors, changer d'attitude quand ça se gâte, c'est trop facile.

Chino lui rit au nez et ferma les yeux. Des larmes de sang coulèrent de ses yeux. Une goutte tomba dans la mer rouge.

— ...!

Stimulée par le sang de Chino, la mer commença à former soudain des vagues gigantesques.

— Agh...

Sasuke fut attiré au fond de l'eau. Il fut secoué dans tous les sens par cette mer rouge. Il ne distinguait plus le haut du bas et n'arrivait plus à respirer.

— Fait chier !

Sasuke concentra de nouveau toute sa force dans ses yeux.

— Haah...

Il prit une grande inspiration. Il était enfin parvenu à se délivrer du *genjutsu*. Quand il leva la tête tout en continuant d'envoyer de l'oxygène dans ses poumons, Chino avait disparu.

Chapitre 4

Ce que regardent les yeux rouges

1

Le *genjutsu* de Chino était survenu brutalement. Quand Sasuke recouvra ses esprits, Chino, Nowaki et leurs hommes avaient disparu. La forêt avait été dévastée par le Taiton de Nowaki. L'île était dans un état désastreux.

— Hé ! Ça va ?

Cependant, parmi ce chaos, Sasuke parvint à retrouver quelques *shinobis* qui avaient été capturés. Ils reprirent connaissance aussitôt que Sasuke leur appliqua la Rupture de *genjutsu*.

Malmenés par le vent violent créé par Nowaki, les *shinobis* étaient tous blessés. Cependant, ils étaient en vie, et c'était là l'essentiel à leurs yeux. Ils remercièrent chaleureusement Sasuke. Toutefois, les *shinobis* du village caché des Nuages semblaient avoir plus de mal à le faire. Par le passé, Sasuke avait attaqué le jeune frère du Raikage, Killer Bee, et avait voulu le kidnapper. Il avait également affronté le Raikage et lui avait fait perdre un bras. Le Raikage était le grand chef respecté du Pays de la Foudre dans lequel se trouvait le village caché des Nuages. Il était normal que ses *shinobis* soient perplexes.

Pour commencer, Sasuke décida de ramener les *shinobis* dans leurs pays respectifs.

Il se rendit d'abord au village du Brouillard, puis au village caché des Nuages.

Au moment où le bateau arriva au port du Pays de la Foudre, où se trouvait Kumo, il se produisit un petit incident.

— Oooooooh ! Vous êtes donc sains et saufs !! s'exclama le Raikage.

— Maître Raikage ?! cria un *shinobi*.

— C'est Maître Raikage ! s'enthousiasma un deuxième.

— Maître Raikage est venu nous accueillir en personne ! s'extasia un troisième.

Tout en détruisant quelques bâtiments sur son passage, le Raikage fonçait droit devant lui. Quand il avait appris la nouvelle du sauvetage des *shinobis,* il avait été tellement content qu'il n'avait pu rester en place et qu'il était venu les rejoindre. Aux côtés du Raikage étaient également présents Darui et Shî, ses fidèles conseillers.

Le Raikage, dont le physique était imposant et robuste, déboula dans le port plus vite que l'éclair. Il tapota l'épaule des *shinobis* comme pour les remercier des services rendus.

— Content que vous soyez sains et saufs ! leur répéta-t-il.

Il était si fort que l'on pouvait craindre que ses tapes ne brisent les os des *shinobis*. Le Raikage en personne était venu les remercier. La tension était-elle retombée d'un seul coup ? Les larmes montaient aux yeux des *shinobis* de Kumo.

Sasuke observait la scène du coin de l'œil. Il voulut s'éclipser discrètement.

— Gamin !

Toutefois, le Raikage l'en empêcha. Ne pouvant l'ignorer, Sasuke se retourna.

Le Raikage le regardait d'un air sévère. Sasuke remarqua son corps mutilé. Sous son manteau qui le dissimulait, on devinait qu'il lui manquait le bras gauche. Les actes du passé de Sasuke continuaient de jeter une ombre sur l'avenir du Raikage.

— …

Le Raikage ne parlait pas. Darui le remarqua et prit la parole.

— Nous te remercions. Tu nous as été d'une grande aide.

Darui aussi devait éprouver des sentiments complexes vis-à-vis de Sasuke. Malgré cela, il lui adressa des remerciements en tant que représentant de tous les *shinobis* du village caché des Nuages. Shî poursuivit à son tour :

— Il paraît que tous les *shinobis* qui ont attaqué le village sous l'emprise d'un sort de *genjutsu* ont pu être secourus grâce à une équipe de ninjas médicaux de Konoha. Cette équipe a trouvé une solution mais, pour effectuer les soins, de grandes connaissances techniques médicales sont nécessaires. C'est pour cela qu'un ninja médical de Konoha est en train de se diriger vers notre village.

Parmi les ninjas médicaux de renom à Konoha, il y avait Tsunade. Mais, en prenant en compte le facteur mobilité, c'était probablement Sakura qui avait été envoyée. Sasuke songea que Sakura était devenue aussi un *shinobi* incontournable.

Il se devait aussi d'avancer.

Sasuke décida de partir à la recherche de Chino. Il fallait absolument mettre fin aux techniques étranges qu'elle utilisait.

— Où comptes-tu aller ? demanda le Raikage à Sasuke.

— Je pars à la recherche de l'instigateur de cette affaire…

— Dans ce cas, Kumo t'apportera son soutien. Ce coupable a utilisé un moyen cruel pour attaquer ! Il est nécessaire de le capturer au plus vite ! s'emporta le Raikage.

Sasuke fit « non » de la tête et déclara :

— Non, je suis le seul à pouvoir le faire.

— Comment ?! s'indigna le Raikage.

Les paroles de Sasuke rendirent l'atmosphère électrique pendant un instant. En ayant conscience de la colère du Raikage, Sasuke poursuivit :

— L'adversaire possède un *dôjutsu* particulier. Par ailleurs, son *genjutsu* est de haut niveau. J'ignore quel est son potentiel réel. Au départ de l'affaire, les *shinobis* ont été enlevés sans qu'aucun d'entre eux puisse intervenir ou réagir. Si on approche l'adversaire de façon imprudente, cela ne fera que gonfler les rangs des victimes.

Le Raikage écoutait Sasuke, les lèvres pincées.

— De plus, l'adversaire m'a déjà jeté un sort de *genjutsu,* mais je suis parvenu à m'en sortir seul. Pour contrer ses yeux rouges, il n'y a que mes pupilles, ajouta Sasuke.

« Ses yeux rouges. »

Sasuke avait prononcé ces paroles sans réfléchir. Cependant, le Raikage, stupéfait, resta bouche bée.

— Tu as parlé de ses « yeux rouges » ?

— Oui, l'adversaire avait des yeux aussi rouges que du sang, répondit Sasuke.

Le Raikage détourna son regard comme s'il réfléchissait, puis il fixa de nouveau Sasuke.

— Ne serait-ce pas un membre du clan Chinoike avec son *ketsuryûgan* ?

— Vous savez de qui il s'agit ?

Chino avait déclaré appartenir au clan Chinoike. En voyant la réaction de Sasuke, le Raikage lui posa également une question.

— Et toi ? Tu ne connais pas ce clan ?

Sasuke ne comprenait pas ce que le Raikage cherchait.

— Pfft ! Je n'ai pas le choix. Allez… Je peux au moins te dévoiler ça, lâcha le Raikage.

Il semblait que l'histoire remonte à une époque bien antérieure à celle où Hashirama Senju et Madara Uchiwa s'étaient affrontés avec acharnement.

Le clan Chinoike.

Ses membres possédaient des yeux rouge sang appelés *ketsuryûgan*. Ils vivaient au Pays de la Foudre. Ils manipulaient diverses techniques dans lesquelles intervenait le sang.

Ils étaient spécialement doués pour le *genjutsu*. Si l'on était pris par leur regard, il était impossible de leur échapper.

Une jeune femme du clan Chinoike était devenue la deuxième épouse d'un seigneur de province du Pays de la Foudre. C'était une belle fille avec un bon caractère. L'épouse officielle en avait été jalouse. Par malchance, le seigneur était tombé malade et était mort peu après s'être marié avec sa deuxième épouse.

« Il était mort parce qu'il s'était marié avec cette femme ! »

L'épouse officielle avait accusé la seconde épouse. Elle avait raconté que le clan Chinoike avait trompé le seigneur et avait fini par l'assassiner.

Tout n'était que mensonge du début à la fin. Cependant, les personnes de l'entourage, qui connaissaient la nature particulière du clan

Chinoike, avaient avalé les propos de l'épouse officielle sans se poser de questions.

La jeune femme et son clan avaient été chassés dans la Vallée de l'Enfer.

— C'est alors que l'épouse officielle du seigneur a fait appel au clan Uchiwa pour expulser le clan Chinoike.

— Quoi ?! fit Sasuke stupéfait.

— De tout temps, le nom des Uchiwa a été connu. Seuls les Uchiwa possédaient le *sharingan* capable de faire face au clan Chinoike et à son *dôjutsu*. Le clan Chinoike aurait demandé au clan Uchiwa un temps de discussion, mais celui-ci le lui aurait refusé.

Le clan Uchiwa, qui avait été persécuté à Konoha, avait lui-même aidé à opprimer d'autres personnes. C'était cela, la guerre. Par moments, certains étaient mis à l'écart et écrasés de façon irrationnelle.

Le souvenir d'Itachi ressuscita dans la mémoire de Sasuke.

Itachi avait sûrement constaté les mérites du clan Uchiwa, mais également sa part d'ombre. C'était peut-être pour cela que, sans accuser personne, il avait préféré tout endosser seul pour éviter que la haine ne se disperse. Il avait peut-être voulu mourir en emportant la part des ténèbres de son clan.

Toutes les personnes de cette affaire avaient basculé dans le mal après avoir été accablées par l'absurdité du monde contre laquelle elles ne pouvaient rien.

Un crime restait un crime. Cependant, tout cela s'arrêterait-il une fois que les coupables auraient été vaincus ?

— Gamin… Dans le passé, Naruto m'a supplié à genoux, les deux mains posées sur le sol enneigé, que je t'épargne.

Sasuke écarquilla les yeux en entendant ces paroles surprenantes.

— C'était au moment où Danzô nous avait autorisés à nous débarrasser de toi en tant que ninja déserteur. Tu avais enlevé mon frère Bee. C'est alors que Naruto nous a implorés de ne pas t'éliminer. Il disait que, en tant qu'ami, il ne pouvait pas rester sans réagir face à ce qui allait arriver, poursuivit le Raikage.

— …

— Sache qui tu es. Sache qui est l'autre. Ne te trompe pas deux fois de chemin. Tu dois bien comprendre pourquoi tu es en mesure de circuler librement à travers le monde aujourd'hui. À toi de créer des raisons pour que ton entourage soit convaincu de ce bien-fondé.

Ses paroles étaient pleines de droiture.

Autrefois, Sasuke avait voulu exécuter les Cinq Kage et gouverner à leur place. Il pensait que c'était ce qui était juste.

Cependant, en voyant le Raikage qui, malgré son côté brutal, était très apprécié par les *shinobis* de son village et qui leur prodiguait des conseils, Sasuke songea que, s'il avait exécuté les Cinq Kage, il aurait sûrement fait naître la haine chez de nombreuses personnes et fait croître la part d'ombre dans le monde.

— Chassé dans la Vallée de l'Enfer, le clan Chinoike s'était complètement effacé du monde des *shinobis*. On le croyait disparu. Mais si tu as vu une personne possédant le *ketsuryûgan*, cela signifie qu'il y a eu des survivants. La Vallée de l'Enfer se trouve dans le Pays des Sources Chaudes dont l'emplacement est connu uniquement par les *shinobis* du Pays des Sources Chaudes et par le clan Uchiwa.

Le Pays des Sources Chaudes.

C'était là où Sasuke avait rencontré Chino. De plus, le Pays des Sources Chaudes était relativement proche du Pays du Feu, où se trouvait Konoha, du Pays de l'Eau, où se trouvait Kiri, et du Pays de la Foudre, où se trouvait Kumo.

Chino était dans la Vallée de l'Enfer.

Sasuke en avait le pressentiment.

Cependant, même si Sasuke appartenait au clan Uchiwa, qui avait chassé le clan Chinoike, il ignorait l'emplacement de cette vallée.

— Je vais servir d'intermédiaire pour le Pays des Sources Chaudes. Après, ce sera à toi de jouer, ajouta le Raikage en ricanant.

Puis il retourna auprès des *shinobis* de son village.

Sasuke inclina légèrement la tête en direction du Raikage, qui avait maintenant le dos tourné. Puis il se mit en route, le regard orienté vers le Pays des Sources Chaudes.

2

Cela faisait plusieurs jours que Sasuke courait sans se reposer. Il était enfin parvenu au Pays des Sources Chaudes, où des vapeurs d'eau montaient de nombreuses sources.

Près des colonnes de vapeurs, on trouvait un quartier animé avec des auberges alignées et de nombreux touristes. Les *shinobis* du village assuraient la sécurité. Les touristes pouvaient se soigner et se reposer l'esprit tranquille. On pouvait même voir des personnalités importantes des grands pays.

— Vous êtes Monsieur Sasuke de Konoha ? Je vais vous servir de guide jusqu'à la Vallée de l'Enfer.

Le Raikage avait bien contacté le Pays des Sources Chaudes. Quand Sasuke s'était adressé à l'organisme principal du pays, un *shinobi*, un homme d'une trentaine d'années, s'était présenté pour lui servir de guide.

— Nous n'attendions pas votre arrivée si tôt... Il faut au minimum une journée pour se rendre à la Vallée de l'Enfer. Préférez-vous vous reposer un peu avant d'y aller ? questionna le guide.

— Non, j'aimerais partir dès que possible, insista Sasuke.

Sasuke n'avait pas le temps de se reposer.

— C'est entendu, acquiesça l'homme.

Sasuke avait pensé s'y rendre seul. Il avait imaginé qu'on lui indiquerait le chemin pour rejoindre la vallée. Apparemment, elle était située dans un lieu reculé, où seules les personnes du Pays des Sources Chaudes pouvaient se retrouver.

— À la base, la Vallée de l'Enfer est un lieu interdit... expliqua le guide tout en marchant dans la forêt. Ce lieu ne doit évidemment pas être approché par les étrangers ni même par les habitants de la région. Ils risqueraient de s'attirer la malédiction du clan Chinoike...

— La malédiction du clan Chinoike ? interrogea Sasuke.

L'homme approuva.

— Le clan Chinoike avait été expulsé par le clan Uchiwa dans la Vallée de l'Enfer. Normalement, il aurait dû s'éteindre. Car cette vallée n'est que rochers et cailloux, où ne poussent ni herbe ni fleur. L'air est irrespirable, car l'atmosphère est remplie de gaz volcaniques. Ce lieu n'est pas adapté à la vie humaine. Cependant, quelques mois après l'expulsion du clan Chinoike dans la Vallée de l'Enfer, une personne est allée voir ce qui s'y passait. C'est alors qu'elle a vu une chose…

— Qu'a-t-elle vu ? se renseigna Sasuke.

— Ce lieu rocailleux, où il n'y avait rien, avait laissé place à une mer de sang, et les membres du clan Chinoike étaient en train de la boire.

— Cette personne avait subi un sort de *genjutsu* ?

— Je ne connais pas les détails de l'histoire. Seulement, depuis ce jour, la Vallée de l'Enfer est devenue une zone interdite. Il est interdit de s'en approcher. Peu à peu, les *shinobis* du Pays des Sources Chaudes ont oublié son existence. À tel point que personne ne sait plus où se trouve cette Vallée.

Dans ce cas, comment se faisait-il que l'homme connaisse le chemin pour s'y rendre ?

Sasuke s'interrogeait sur le discours paradoxal de l'homme quand celui-ci baissa les yeux et ajouta :

— Il y a quelques années, un homme a retrouvé la Vallée de l'Enfer. Cet homme s'appelait Hidan. Plus tard, il est devenu membre d'Akatsuki et il a fait partie de ceux qui ont développé la guerre dans le monde des *shinobis*.

Sasuke ne s'attendait pas à entendre le nom d'Akatsuki ici. Il s'agissait d'une organisation à laquelle son frère aîné, Itachi, avait appartenu et que Sasuke lui-même avait intégrée pendant un temps. Quand Sasuke était à Akatsuki, beaucoup de membres faisaient déjà défaut. Hidan n'en faisait plus partie.

— Hidan n'était pas le genre de personne qui écoutait ce qu'on lui disait. À l'époque, il n'était qu'un enfant. C'est par pure curiosité qu'il avait cherché la Vallée de l'Enfer dont il avait entendu parler. On raconte qu'il ne s'était pas rendu jusqu'au fond de la Vallée, car l'odeur du soufre l'avait importuné. Hidan avait raconté qu'il y avait vu des cadavres partout. Il avait pensé que les personnes n'avaient pas survécu dans ce lieu qui ressemblait à un véritable enfer. Cependant, les cadavres n'étaient pas des squelettes, mais des corps de chair dont le sang n'était pas desséché. Lorsque des *shinobis* du village sont allés vérifier les dires de Hidan, ils ont découvert des cadavres de personnes qui avaient été tuées récemment, comme l'avait décrit le jeune garçon.

Cela signifiait que le clan Chinoike avait survécu jusqu'il y a peu dans la Vallée de l'Enfer.

— Certains se sont demandé si ce n'était pas Hidan qui les avait tuées. Mais il semblait qu'elles se soient entretuées au sein du clan. On ignorait ce qui s'était passé mais, pour la seconde fois, il a été décidé que la Vallée de l'Enfer serait une terre interdite et qu'il ne fallait pas s'en approcher.

L'homme garda le silence un instant. Son regard erra un peu comme s'il hésitait. Puis il finit par avouer :

— En réalité, les habitants avaient peut-être fait semblant de ne rien voir parce que personne n'avait envie d'être mêlé à des problèmes. Le Pays des Sources Chaudes avait beaucoup de ressources, et la vie y était facile. Les habitants voulaient sûrement se débarrasser de l'élément qui pourrait venir perturber leur vie tranquille. C'est vrai qu'on a ce genre de sentiment en nous.

— …

— Le Pays des Sources Chaudes a depuis longtemps des connexions avec des seigneurs de province et des personnalités importantes de tous les pays, car il est reconnu comme étant une source thermale sûre. Si le clan Chinoike avait été accueilli au départ, c'était parce qu'il avait un lien avec un seigneur du Pays de la Foudre. Il est arrivé que le pays échappe à la guerre en réalisant des négociations officieuses. La paix a été maintenue en faisant, par moments, semblant de ne pas voir certaines choses.

L'homme afficha une expression mélancolique et ajouta :

— Ça a été pareil pour Hidan. Normalement, la règle voulait qu'on se débarrasse d'un ninja déserteur. Cependant, au Pays des Sources Chaudes, il n'y avait pas de *shinobi* plus fort que lui. Alors, le village a décidé de laisser la question en suspens. Depuis, des personnes sont mortes à cause de cela.

Peut-être qu'un monde en paix affaiblissait les sens des *shinobis*. Pourtant, à l'avenir, il était probable que le monde avancerait dans cette direction.

Cependant, les hérétiques apparaissaient toujours de façon soudaine. Si cela arrivait, il fallait être capable de pouvoir y faire face. Si Orochimaru et Kabuto étaient laissés en vie, c'était peut-être également pour cette raison. Cependant, en dehors de ces deux-là, il était nécessaire que des *shinobis* soient également préparés à faire face à un éventuel danger et à pouvoir préserver la paix.

Cette idée traversa l'esprit de Sasuke. N'était-ce pas l'objectif qu'il devait atteindre ?

— C'est là-bas…

Comme l'avait prédit le guide, après une journée entière de marche, les deux hommes arrivèrent à la Vallée de l'Enfer. Des colonnes de vapeurs autrement plus grandes que celles du Pays des Sources Chaudes se dressaient un peu partout.

— J'irai seul à partir d'ici, déclara Sasuke.

— Faites attention à vous, conseilla le guide avant de repartir.

Sasuke pénétra seul dans la Vallée de l'Enfer.

— …

Sur les deux côtés de la vallée, il y avait une montagne rocheuse qui était à nu. La roche avait changé de couleur et avait pris une teinte brunâtre. Il n'y avait nulle trace de végétation.

L'atmosphère était chargée de vapeurs odorantes. Des geysers jaillissait de l'eau brûlante par intermittence. Rien que de rester sur place était physiquement épuisant. Survivre dans un tel lieu devait être difficile quand on avait été chassé.

Cependant, d'après ce que lui avait raconté le *shinobi* du village du Brouillard, le clan Chinoike avait survécu jusqu'il y a peu. Quelle souffrance avait-il dû endurer !

« Konoha est un grand village. Alors, le gîte et le couvert doivent être garantis, mais il y a pas mal de choses absurdes comme celle-ci. »

Les paroles de Chino traversèrent l'esprit de Sasuke.

La Vallée de l'Enfer était bien plus vaste que ce que Sasuke avait imaginé. Il s'y enfonça comme s'il y était attiré.

— …!

Sasuke vit soudain devant lui une mare couleur rouge sang. Cela ressemblait vraiment à du sang. Pendant un instant, Sasuke se mit sur ses gardes, car il crut qu'il était sous l'emprise d'un *genjutsu*. Cependant, il ne détecta aucun chakra.

Sasuke avança pour s'approcher de cette mare.

— Mais c'est…

Quand on l'observait avec attention, on s'apercevait qu'une sorte de boue rougeâtre jaillissait de la terre. Elle s'accumulait dans le fond de la mare et donnait l'impression que l'eau était rouge.

Sasuke avança et découvrit plusieurs mares du même genre.

« Étaient-ce ces mares rouges qu'avait vues le *shinobi* du Pays des Sources Chaudes dans le passé ? » se demanda Sasuke en regardant les mares rouges autour de lui.

— …!

Ce fut alors que Sasuke vit une silhouette dans une des mares. Il courut immédiatement dans cette direction.

— C'est…

Le spectacle qui s'offrit à lui le fit douter de ce qu'il voyait. Une mare rouge était entièrement recouverte par une multitude de *shinobis* alignés, allongés. Ils avaient sûrement été enlevés.

Au fond de l'eau, il y avait également une boue rougeâtre. Les corps des *shinobis* étaient à moitié ensevelis. La température de cette mare, comparée à celle des autres mares, n'était pas très élevée. On ne sentait pas de chaleur qui s'en dégageait. Cependant, les corps des *shinobis* étaient rouges.

Sasuke sentit la présence d'un chakra. Il observa de nouveau la mare et les *shinobis* avec son *sharingan*.

— Mais…

À l'intérieur de la mare, une grande quantité de chakra grouillait à l'instar des vers de terre. Les *shinobis* étaient blessés par endroits. Le chakra semblait s'introduire dans leurs corps à travers les plaies. Une fois dans leurs corps, le chakra se répandait dans la circulation sanguine.

— …

Une croûte se formait sur les blessures des *shinobis* dont le chakra étrange s'était déjà propagé dans tout le corps. C'était comme si un couvercle avait été posé sur la plaie. Elle s'effaçait complètement.

Vraisemblablement, les *shinobis* étaient enlevés, puis emmenés ici et transformés en hommes explosifs avant d'être renvoyés ensuite dans leurs villages respectifs.

Sasuke tenta de faire une Rupture de *genjutsu* au *shinobi* qui se trouvait près de lui. Cependant, dès qu'il plongea sa main dans la mare, la grande quantité de chakra qui grouillait l'encercla. Il sentit une douleur sur la peau.

— Tss !

Apparemment, le chakra tentait de le blesser pour pouvoir pénétrer dans son corps. Sasuke sortit sa main de la mare tout en la secouant pour en enlever le chakra. Puis il observa de nouveau les *shinobis* qui dormaient dans l'eau. Il ne sentit aucune conscience émaner d'eux. Ces *shinobis* semblaient avoir perdu toute émotion humaine. Ils étaient devenus des soldats de Chino.

Cela rappela à Sasuke les Zetsu blancs.

— …

Sasuke dirigea son regard plus loin.

Pour secourir les *shinobis* dans cette mare et pour protéger Konoha, il devait vaincre Chino.

— Ici, c'est…

Sasuke était enfin parvenu dans le lieu le plus reculé de la Vallée de l'Enfer. Il eut le souffle coupé devant le paysage qui se déployait sous ses yeux.

Une mare rouge gigantesque, sans aucune comparaison avec les précédentes, était en ébullition et dégageait des vapeurs d'eau chaude.

Cela ressemblait à la mer rouge qu'il avait vue dans le *genjutsu*. La respiration était difficile tant la chaleur dégagée par les vapeurs était importante.

— Tu es aussi obstiné qu'un serpent.

Une voix résonna au milieu de cette mare bouillonnante.

— Je suis admirative, mon petit Sasuke.

Chino avançait vers Sasuke, pieds nus sur la surface de la mare en ébullition.

Ses yeux n'étaient pas encore rouges.

— Pourquoi fais-tu une chose pareille ?

Habituellement, Sasuke n'était pas de nature à attendre calmement la réponse des autres. Malgré cela, il posa patiemment la question à Chino. Celle-ci, si bavarde au village caché des Bambous, gardait ses lèvres bien serrées et ne prononçait pas un mot.

— Est-ce vrai que, dans le passé, le clan Uchiwa a expulsé ton clan dans cet endroit ?

Chino regarda Sasuke d'un air énervé et lui lança :

— Oui, c'est vrai. Notre clan a été accusé d'une faute qu'il n'avait pas commise et a été chassé ici par le clan Uchiwa. De plus, notre *ketsuryûgan*, comparé aux trois grands *dôjutsu* que sont le *byakugan*, le *sharingan* et le *rinnegan*, a été ridiculisé. Mais tu sais… On a réussi à survivre en buvant cette eau bouillonnante, en tuant des oiseaux et en mangeant le peu d'herbe qui poussait dans les environs. Il paraît que notre clan, épuisé par les affrontements, ne cherchait même pas à quitter ce lieu. Il se contentait de vivoter ici. Puis le monde oublia le clan Chinoike… Du moins, cela aurait dû être le cas.

— Cela aurait dû être le cas ?

Chino détourna son regard avec un air de dépit.

— Oyashiro a appris l'existence du clan Chinoike à travers un écrit ancien. Il est venu dans la vallée et m'a enlevée. J'étais encore petite. Puis il a exterminé tous les membres de mon clan.

« Pour augmenter la rareté, il m'est même arrivé de n'en garder qu'un et de tuer tous les autres. »

Sasuke se souvint des paroles d'Oyashiro prononcées au Colisée. Il parlait donc de Chino.

— Je viens de te raconter l'histoire de notre clan. En fait, j'ai appris tout ça dans l'écrit ancien que possédait Oyashiro. Depuis qu'Oyashiro m'a enlevée, j'ai suivi un entraînement de *shinobi* dans sa demeure dès mon plus jeune âge. J'ai été pour lui un « outil », qui lui a servi à transporter des armes dans les champs de bataille très dangereux. J'ai même dû tuer, alors que je n'en avais pas envie. C'est pour cela que je me suis enfuie.

Chino appartenait-elle aussi à la bande Raikô ? C'était ce qu'avait imaginé Sasuke mais, apparemment, ce n'était pas le cas.

— La plupart de ceux qui se sont enfuis au même moment que moi ont formé la bande Raikô avec Nowaki. Moi, je suis revenue seule à la Vallée de L'Enfer. J'avais l'impression de savoir enfin qui j'étais en revenant ici. Mais ça n'a pas marché… expliqua Chino en affichant une expression pleine de souffrance.

— Je ne parviens pas à me rappeler les visages de mon père, de ma mère et de ceux de mon clan… Pourquoi suis-je née ? Pourquoi suis-je en vie ? Je l'ignore. Je me sens vide… Complètement vide…

Puis le visage de Chino se durcit. Ses yeux commencèrent à se teinter de rouge.

— Malgré cela, je comptais vivre tranquillement ici. Je voulais être loin des conflits. Mais Nowaki a été trompé par les *shinobis* de Kiri et a dissous la bande Raikô. Puis il est venu se réfugier ici. Nowaki a mis plus d'un an à guérir ses blessures… On n'avait ni la protection d'un village ni celle d'une famille. Personne ne nous donnait de l'amour. On était juste bons à être utilisés et abandonnés.

— …

— Nous, les humains nés avec un pouvoir héréditaire, nous continuons à nous faire persécuter par les personnes qui se proclament normales. Nous sommes suspectés d'un tas de choses juste parce que nous existons. On ne cesse de nous bassiner avec la paix, mais dès qu'il n'y a plus de guerre, ceux qui possèdent un pouvoir héréditaire recommencent à être persécutés ! C'est pour ça que j'ai voulu tout détruire ! Je ne peux plus avoir espoir dans l'avenir d'un monde pareil !

Sasuke ne parvint pas à démentir les propos de Chino.

Le clan Uchiwa était également mal vu à Konoha. C'était la raison pour laquelle Sasuke avait haï le village.

Cependant, une chose essentielle différenciait Chino de Sasuke. Sasuke était né et avait grandi au centre de liens et avait expérimenté ce que c'était.

Chino, par contre, n'avait rien eu de tout cela dès le départ. Elle ne se souvenait même plus du visage de ses parents. Elle ne connaissait pas la chaleur humaine ni ce qu'était un lien. Son cas était sûrement proche de celui de Naruto.

« Tu as toujours vécu seul !! Qu'est-ce que tu sais de moi ?!! Hein ?! »

« C'est quand on a des liens qu'on souffre !! »

« Tu ne sais pas ce que c'est de perdre un être cher !! »

Dans le passé, Sasuke avait reproché à Naruto, qui n'avait jamais été attaché à quiconque, de ne pas le comprendre, lui qui souffrait d'avoir perdu les personnes avec lesquelles il était lié.

Malgré cela, Naruto avait essayé de comprendre Sasuke. Il avait fait de son mieux pour se rapprocher de lui.

Aujourd'hui, Sasuke se demandait à quel point Naruto avait dû souffrir de ne posséder aucun lien.

Quel effroi le manque de présence pour l'approuver ou l'aimer avait-il provoqué sur lui ?

Et lorsque, plus tard, il avait trouvé un être cher et était parvenu à nouer des liens, combien sa solitude avait-elle dû être grande après la perte de celui qui lui était devenu proche ?

Sasuke eut mal pour lui.

Malgré cela, Naruto n'avait jamais abandonné Sasuke.

— Je t'ai envié, Sasuke.

Chino fixait Sasuke.

— Tu es né dans le village caché de Konoha. Tu portes le nom du clan Uchiwa et tu avais une famille aimante. Après avoir quitté ton village, tu avais très mauvaise réputation, mais aujourd'hui, tu peux voyager tout à fait librement. Tu en as eu la possibilité parce qu'il y a des personnes qui t'aiment et qui veillent sur toi.

— ...!

Les yeux *ketsuryûgan* de Chino étaient teintés de rouge. Des larmes coulaient.

— Je le sais. Toi, tu as toujours vécu entouré de l'amour des autres. Tu ne t'en es juste pas aperçu. Tu n'as pas voulu le voir. Autour de toi, il y a toujours eu des proches. Tu es... différent de moi.

Puis Chino changea de sujet.

— J'ai trop parlé. Si tu veux m'arrêter, tu n'as qu'à me tuer. Mais, cette fois, n'oublie pas le *ketsuryûgan* de la famille Chinoike !

Chino sortit un *kunaï* et se trancha rapidement les poignets. Le sang gicla et se répandit dans la mare rouge.

— Le clan Chinoike est capable de manier différentes techniques en utilisant le sang... Il se sert du fer présent dans le sang et dans ce lieu.

Le chakra de Chino commença à grouiller à l'intérieur de la mare rouge.

— Cette mare rouge contient beaucoup de fer et renforce le pouvoir du clan Chinoike.

Chino forma un sceau.

— *Ketsuryûgan !* Ascension du Dragon de Sang !

— ...!

Le chakra qui grouillait dans la mare se rassembla aux pieds de Chino et forma un monticule qui prit l'apparence d'un dragon rouge. C'était un monstre à huit têtes. Il était assez haut pour qu'on doive lever la tête pour le regarder.

— Dévore-le ! ordonna Chino.

Les gueules du dragon s'ouvrirent et attaquèrent Sasuke.

— Agh !

Ce n'était pas un adversaire que Sasuke pouvait affronter au corps à corps. Sasuke concentra également sa force dans ses yeux.

— Susanô !

Un guerrier vêtu d'une armure fit son apparition. Avec le sabre de Susanô, Sasuke transperça le cou du dragon qui le menaçait. À peine avait-il tranché le cou du monstre qu'une nouvelle tête avait repoussé et mordu Susanô, qui était désormais immobilisé. De la vapeur chaude se dégageait de la morsure. Les autres têtes du dragon essayaient également de mordre Susanô.

Sasuke déploya les ailes de Susanô pour fuir dans les airs.

— Tu ne m'échapperas pas ! scanda Chino qui écarquilla les yeux pour attraper Sasuke.

Ce fut alors que le monde de Sasuke se teinta complètement de rouge. Chino utilisait son *genjutsu*.

Profitant d'un instant d'inattention de la part de Sasuke qui voulut se défaire du *genjutsu*, une tête du dragon se pencha vers les ailes de Susanô. Sasuke planta son épée dans sa gueule grande ouverte et lui transperça la gorge. La tête du dragon éclata et s'éparpilla dans les environs.

Après avoir fait atterrir Susanô au sol, Sasuke chercha à atteindre la base du cou des multiples têtes du dragon.

— C'est là !

Le sabre se planta profondément dans le cou, et deux têtes tombèrent également dans la mare rouge en projetant de grandes éclaboussures.

Susanô et le Dragon de Sang se trouvaient à une distance assez rapprochée. Le regard de Chino croisa celui de Sasuke. Celui-ci lança à son tour un *genjutsu* à son adversaire.

— Tss !

Cependant, il semblait que Chino ait mis en place plusieurs barrières contre le *genjutsu* dans son cerveau. De nombreux murs rouges se dressèrent et empêchèrent l'intrusion de Sasuke.

Ensuite, ces murs fondirent pour se transformer en vagues et attaquer Sasuke.

— C'est un piège de *genjutsu*…

Les vagues touchèrent le corps de Sasuke, et sa mémoire fut légèrement dévoilée à Chino. Le *genjutsu* de Chino était habile. De plus, il faisait tourner la tête. Peut-être manipulait-elle le fer présent dans le corps de Sasuke ? Si cela durait trop longtemps, il serait désavantagé. Comment pouvait-il la vaincre ? Il était en train de se concentrer sur ce point quand…

— Pourquoi ? s'enquit soudain Chino. Pourquoi te bats-tu pour Konoha ?

Au contact des souvenirs de Sasuke, elle avait peut-être vu quelque chose.

— Les feuilles de Konoha ont de belles couleurs, mais les racines du village sont obscures ! À Konoha, la lumière et les ténèbres cohabitent ! Ton clan était pourtant aspiré par les racines pour nourrir Konoha !! Alors, comment parviens-tu à te battre pour un tel village ?! Comment peux-tu ne pas être pessimiste vis-à-vis de son avenir ?!

Sasuke prit un peu de distance par rapport à Chino et la regarda.

Pourquoi se battait-il pour Konoha ?

Il trouva sa réponse plus vite qu'il ne l'aurait cru.

— C'est parce que je suis en vie ! justifia-t-il.

— Qu'est-ce que ça veut dire ? questionna Chino.

Sasuke se souvint du lever du soleil qu'il avait vu avec Naruto dans la Vallée de la Fin, le jour où il avait admis sa défaite.

— J'ai un ami qui m'a sauvé… Un ami avec qui on peut partager nos souffrances…

— Un ami avec qui partager vos souffrances ?

— Et c'est l'espoir qu'un jour cela vaudra pour tous dans le monde entier qui me relie à Konoha !

« Je tiendrai jusqu'à ce que ce jour arrive. Je serai le témoin de ce changement. Je ne suis plus seul !! » songeait Sasuke.

— Je veux rompre la chaîne de la vengeance qui sévit en ce monde ! Comme l'a fait mon frère aîné, je veux soutenir ce monde dans l'ombre et…

Sasuke marqua une pause.

— … je veux apporter de la lumière au futur ! affirma-t-il haut et fort.

Sasuke ouvrit grands les yeux. Le *Mangekyô Sharingan*, le Kaléidoscope hypnotique du *Sharingan*, captura Chino.

— Hm… Ah…

Chino et le Dragon de Sang s'immobilisèrent.

Sasuke visa Chino avec le sabre de Susanô. L'issue du combat était décidée.

— Chino…!! cria Nowaki en s'interposant entre eux.

— Taiton ! Furie du Cyclone !!

Le vent se leva subitement, prit la forme d'une épée et s'abattit sur le sabre de Susanô. Même si la trajectoire du sabre avait dévié, sous le choc des lames, les deux corps volèrent.

Le Dragon de Sang, qui n'avait plus de chakra, s'effondra dans un grand bruit d'eau.

— Aïe…

Chino avait été projetée contre un rocher. Elle se releva en se tenant le ventre. Juste à côté d'elle, Nowaki était également à terre. Son état semblait plus grave.

— Nowaki ! Pourquoi es-tu sorti ?

Chino blêmit et s'approcha de lui. Nowaki fit un effort pour se relever de manière à protéger Chino en la plaçant dans son dos.

Devant Nowaki se tenait Sasuke.

— …

En les voyant tous les deux, Sasuke s'adressa à Chino.

— Le sens de mes paroles, tu devrais être capable de les comprendre maintenant…

Chino écarquilla les yeux et regarda Nowaki comme si elle venait de réaliser une chose.

« J'ai un ami qui m'a sauvé… Un ami avec qui on peut partager nos souffrances… »

Elle n'était pas seule. Elle vivait en ayant un lien avec ce monde.

Des larmes coulèrent des yeux de Chino.

Des larmes rouges tombèrent les unes après les autres.

— Nowaki… Ce n'est plus la peine, murmura Chino entre deux sanglots. Ce n'est plus la peine…

Chino posa une main dans le dos de Nowaki et regarda Sasuke.

— J'aurais préféré ne pas te rencontrer au village des Bambous. Comme ça, j'aurais pu continuer à te haïr…

En rencontrant des gens, en leur parlant et en les connaissant mieux, des liens se créaient. Il y avait de nombreuses choses qui se transformaient rien qu'en échangeant des mots.

— J'ai perdu.

Les larmes de Chino, qui étaient rouges, devinrent transparentes.

— S'il existe une personne comme toi, je veux bien voir quel sera le futur de ce monde…

3

Chino était debout devant la mare rouge. Derrière elle, Sasuke la regardait.

— Sasuke, j'ai entrevu tes souvenirs… Peut-être que tu trouveras ici un élément de réponse à ta question.

Chino n'avait plus aucune intention de se battre. Elle était prête à accepter n'importe quelle sanction. Mais avant, elle signala à Sasuke qu'il y avait une chose dont elle voulait lui parler et l'emmena devant la mare, là où étaient allongés les *shinobis* captifs. Quand Chino plongea la main dans la mare, le chakra qui y grouillait de même que celui qui circulait à l'intérieur des corps des *shinobis* retournèrent dans le corps de Chino.

— Au moment de la IVe Grande Guerre ninja, une troupe de soldats à la forme étrange est passée par les souterrains du Pays des Sources Chaudes, raconta Chino en regardant au loin. Je peux obtenir des informations des sources d'eau. Quand cette troupe étrange a été au contact d'une source d'eau, des informations me sont parvenues.

Elle parlait probablement des Zetsu blancs.

— Puis j'ai créé une technique en m'inspirant de la structure de cette troupe. Cependant, en créant ma technique, je me suis posé une question.

Quand Chino posa sa main dans le fond de la mare, la boue chaude cessa de jaillir et s'engouffra sous terre. L'eau de la mare disparut, et les corps des *shinobis* furent enfin libérés. Chino se tourna vers Sasuke et poursuivit son récit.

— Parmi les soldats de cette troupe étrange, un seul pensait qu'il devait combattre tout autre chose. Il ne le pensait peut-être pas d'ailleurs. On lui avait peut-être juste implanté cette idée.

— Qu'est-ce que tu veux dire ? interrogea Sasuke.

En écoutant parler Chino, le cœur de Sasuke s'était mis à battre un peu plus vite. Il avait un mauvais pressentiment.

— Ce n'est pas clair… Mais j'ai l'impression que ces soldats avaient été préparés pour autre chose. Pour combattre un adversaire beaucoup plus important…

En entendant les propos de Chino, Sasuke ferma les yeux.

C'était ce qui l'avait tracassé après avoir affronté Kaguya.

Pourquoi Kaguya avait-elle créé l'armée des Zetsu blancs alors qu'elle était si forte ? Pourquoi se préparait-elle à faire la guerre ? La crainte imaginaire de Sasuke était sur le point de devenir réalité.

— Cette chose va certainement arriver un jour, continua Chino.

— Tu veux dire qu'il existe une présence que même Kaguya craignait et qui va apparaître bientôt ici ? se renseigna Sasuke.

Un jour, la paix enfin obtenue allait-elle être de nouveau menacée ?

L'avenir des humains serait-il de nouveau anéanti ?

Sasuke fit « non » de la tête. Il ne laisserait pas se passer une chose pareille. Il allait protéger la paix et l'avenir de l'humanité.

En voyant l'expression de Sasuke, Chino l'avisa :

— Tu ferais mieux de ne pas tout porter sur tes épaules.

Sasuke regarda Chino. Elle souriait.

— Tu as un ami avec qui tu peux partager tes souffrances, pas vrai ?

En entendant les paroles de Chino, Sasuke resta silencieux. Puis il acquiesça doucement.

— Tu as raison.

C'était vrai, il n'était pas seul.

Épilogue

Le va-et-vient des nombreux passants apportait une ambiance animée au village caché de Konoha.

Chino et les autres avaient été envoyés dans une maison de détention située sur la partie arrière de Konoha. Ils ignoraient quelle serait leur sanction, mais ils étaient prêts à tout entendre.

Chino et sa bande furent rassemblées dans une seule pièce. Nowaki et Amuda étaient également présents. Ils se demandaient ce qui allait leur arriver. Ce fut alors que la porte s'ouvrit. Un homme, dont la bouche était cachée, fit son apparition.

Lorsque Chino réalisa qu'il s'agissait du Hokage, ses yeux s'écarquillèrent. Elle n'avait pas imaginé que le Hokage en personne se déplacerait dans un tel lieu.

— Bonjour ! s'écria Kakashi d'un air rusé en regardant Chino et les autres.

Chino prit alors la parole.

— Je suis la principale instigatrice.

La personne la plus haut placée du village était ici. C'était le moment ou jamais pour elle de s'exprimer.

— Je suis prête à endosser l'entière responsabilité de cette affaire. Alors, je vous demande d'être clément avec les autres personnes ici présentes.

— Chino, on ne t'a jamais demandé ça…

— C'est… C'est vrai, Chino. On a agi de nous-mêmes…

En les voyant ainsi, Kakashi intervint à son tour.

— Allons, allons ! Du calme. À vrai dire, j'ai discuté de votre sort avec le village du Brouillard et le village caché des Nuages… La Mizukage de Kiri a souhaité vous récupérer chez elle. Elle souhaite que vous vous mettiez au service de son village.

Chino et les autres se regardèrent, surpris. Nowaki, qui était un ancien de la bande Raikô, sembla particulièrement étonné.

— Cela signifie que c'est maintenant ou jamais qu'il faut mettre fin à tout cet héritage négatif. La Mizukage semble avoir pris cette décision après avoir discuté à plusieurs reprises avec les *shinobis* du village. Enfin, si vous êtes d'accord, bien sûr. Kumo a déjà donné son accord. Konoha aussi.

Chino et les autres ne purent cacher leur trouble devant cette soudaine proposition. Kakashi s'adressa à eux de façon détendue.

— Vous allez devoir réparer toute votre vie ce que vous avez fait. À vrai dire, tous les *shinobis* sont plus ou moins logés à la même enseigne. C'est également mon cas. N'avez-vous pas envie de vous battre une nouvelle fois contre votre propre destin ?

Les paroles de Kakashi imprégnèrent Chino et les autres.

— Maître Kakashi ! Laissez-moi leur dire deux mots aussi ! déclara un homme qui avait trois traits sur chaque joue.

— Oui, oui… Tu ne me laisses pas le choix… constata Kakashi en lui laissant la place.

— En fait…

Avant même qu'il puisse poursuivre, Chino s'exprima.

— C'est donc toi, l'ami de Sasuke ?

Elle ne savait pas pourquoi, mais elle en avait l'intuition.

— Hein ? Ouais… c'est ça ! Je suis Naruto Uzumaki, le pote de Sasuke !

Naruto fit un grand sourire malicieux à Chino.

— Ton ami m'a sauvée des ténèbres. Je lui en suis reconnaissante, annonça Chino à son tour.

En entendant ces propos, Naruto sembla un instant très étonné. Puis il répondit en rougissant un peu :

— Ah ! d'accord !

Ensuite, il adressa encore un sourire à Chino.

Une lumière avait jailli de l'obscurité d'antan.

— Il semblerait donc que Chino et Nowaki soient partis pour le Pays de l'Eau !

Il y avait un visiteur dans le repaire d'Orochimaru. Il s'agissait d'En Oyashiro qui arborait toujours ses lunettes de soleil au design audacieux.

— Mais vous êtes dur quand même, Orochimaru ! Vous êtes venu sur l'île alors que vous vous saviez surveillé ! À cause de vous, la plupart des personnes sur place se sont fait arrêter. Il faut dire que les chefs d'accusation contre elles ne manquaient pas.

— Et vous ? Vous n'avez pas été arrêté ? questionna Orochimaru.

— Non, comme vous pouvez le constater ! attesta Oyashiro en faisant le pitre.

— Cela s'est donc passé comme vous le souhaitiez ?

— Oui, en effet, affirma Oyashiro.

Oyashiro enleva ses lunettes de soleil, posa sa main sur son front et la fit glisser vers le bas de son visage.

Des yeux rouges apparurent. Des *ketsuryûgan*.

— Les querelles naissent plus facilement dans les petites communautés. Alors qu'on aimerait vivre ensemble en bonne entente, les petites brouilles s'accumulent. On finit par se haïr et s'entretuer. Au moment où mon épouse a été mêlée à une querelle de ce genre et qu'elle en est morte, plus aucune chose n'a eu d'importance pour moi. Toutefois, pour sa propre fille, c'est différent. On s'y attache, confessa Oyashiro.

Puis il ajouta :

— Même si je suis loin d'être un bon père.

— Que comptez-vous faire à présent ? s'enquit Orochimaru.

Oyashiro se mit à réfléchir sérieusement tout en croisant les bras sur son buste.

— Eh bien… Je pense que les armes ne seront plus à la mode à l'avenir. Je vais peut-être créer une station thermale à la Vallée de l'Enfer…

Il semblait que Sakura ait deviné juste quand elle trouva que son ami était particulièrement de bonne humeur.

Naruto avait enfin réussi à trouver du temps pour lui rendre visite après avoir raccompagné les *shinobis* de Kiri et de Kumo qui étaient enfin rétablis. Il raconta joyeusement à Sakura ce que Chino lui avait révélé.

En entendant cela, le cœur de Sakura s'échauffa aussi.

NARUTO SASUKE-SHINDEN RAIKOHEN

First published in Japan in 2015 by SHUEISHA Inc., Tokyo.
French translation rights in France, French-speaking Belgium, Luxembourg, Switzerland and Canada
arranged by SHUEISHA Inc. through VME PLB SAS, France.

7, avenue P-H Spaak - 1060 Bruxelles
3e édition

Achevé d'imprimer en juin 2021 • Dépôt légal : avril 2019
d/2019/0086/113 • ISBN 978-2-5050-7082-5

Traduit et adapté en français par Misato Raillard et Theresia Rippel
Conception graphique : Les travaux d'Hercule
Adaptation graphique : Éric Montésinos

Imprimé et relié en Italie par L.E.G.O. spa
Via Galileo Galilei 11, 38015 Lavis